MULHERES NO ATAQUE

CARLA RODRIGUES * MARTHA MENDONÇA

MULHERES NO ATAQUE

BATE-BOLA NO CAMPO ADVERSÁRIO

Planeta

Dados Internacionais de Catalogação na Publicação (CIP)
(Câmara Brasileira do Livro, SP, Brasil)

Rodrigues, Carla
Mulheres no Ataque / Carla Rodrigues e Martha Mendonça. — São Paulo : Editora Planeta do Brasil, 2003.

ISBN 85-7479-699-9

1. Homem-mulher – Relacionamento 2. Homens – Psicologia 3. Mulheres - Psicologia I. Mendonça, Martha. II. Título.

03-5454 CDD – 305.3

Índices para catálogo sistemático:
1. Homens e mulheres : Papéis sexuais : Sociologia 305.3
2. Mulheres e homens : Papéis sexuais : Sociologia 305.3

capa e projeto gráfico:
Porto+Martinez designStudio

ilustração de capa:
Marcelo Martinez

ilustrações de miolo:
Daniel Morena

preparação:
Denise de Almeida

revisão:
Alessandra Miranda de Sá

2003

EDITORA PLANETA DO BRASIL LTDA.
Alameda Ministro Rocha Azevedo, 346 - 8º andar
01410-000 - São Paulo - SP

INTRODUÇÃO

Elas são só duas, mas carregam nelas todas as mulheres do mundo. Solteiras, casadas, separadas, viúvas, de qualquer idade, a qualquer tempo, Mariana e Isadora são as mulheres que viveram e nos contaram essas histórias. Nós, jornalistas que somos, apenas demos a forma, o texto final. Os sentimentos, as perplexidades, os absurdos que a realidade reservou a essas duas mulheres começaram a vir à tona numa bela tarde de inverno, em agosto de 2002, num pequeno restaurante da zona sul do Rio. Elas se encontraram para um almoço. Na mesa ao lado, havia um homem que tinha acabado de almoçar e que, quando elas chegaram, já havia pedido a conta. Não é fácil admitir, mas *Mulheres no Ataque* nasceu por causa desse homem. Este é um livro gerado numa espécie de *ménage a trois* entre duas amigas e um desconhecido.

Hora e meia de conversa – sobre amor, casamento, separação, vida, morte, tempo, passado e futuro – e o cidadão olhava o horizonte, ouvidos colados na mesa vizinha. As duas repararam. Afinal, ele estava ali ouvindo elas desfiarem suas queixas, destilarem seu veneno, revolverem seu passado, planejarem seu futuro. Ou seja, ele fazia, ali quietinho, tudo que elas queriam que um homem fizesse – ouvia com interesse as suas divagações mais absurdas. A atenção daquele homem encantou Mariana e Isadora, e as duas começaram a perceber que, talvez, fosse possível discutir a relação com os homens. Pelo menos, com os homens das outras...

No dia seguinte criaram um blog, o Elas por Elas (www.elasporelas.com.br), berço de boa parte das histórias reais contidas neste livro. Na web, descobriram homens e mulheres interessados em discutir a relação, sim, desde que livre de preconceitos de parte a parte. E descobriram mais: que na hora das discussões mais acaloradas, eles se saíam muito bem – pelo menos no mundo virtual.

Essas entusiasmadas discussões de mulheres e homens serviram para que Mariana e Isadora ficassem cara a cara com a derrocada do determinismo biológico. E, melhor, para constatar que esse determinismo não servia nem para homens nem para mulheres. Na verdade, elas nunca acreditaram que o simples fato de ser mulher as obrigasse a ser parte inalienável do escrete de Eva para toda e qualquer coisa. Isadora não sabe cozinhar, nunca aprendeu a prender o absorvente na calcinha. Mariana sempre deixa a toalha molhada em cima da cama e saliva diante de uma partida de futebol. Caía por terra, na prática, a idéia de que o universo é dominado por dois princípios antagônicos e irredutíveis: homens-complicados-traiçoeiros-bagunceiros-imaturos-rueiros e mulheres-bacanas-vítimas-organizadas-maduras-caseiras.

Em *Mulheres no Ataque*, as histórias são sempre reais, e sempre contadas sob o ângulo feminino – o que faz que os homens, muitas vezes, não estejam lá muito confortáveis nas narrativas. É como num jogo: um lance é assim para quem está atrás do gol e assado para quem está na geral. As protagonistas acertam e erram, algumas são corajosas, outras covardes, às vezes têm *fair-play*, às vezes chutam na canela.

Aqui estão histórias desse estranho jogo entre homens e mulheres, uma relação que existe desde que o mundo é mundo, tem mudado de forma avassaladora e hoje está virada de cabeça para baixo – e não só para fazer sexo oral...

Em homenagem ao homem desconhecido que fecundou esta obra, a todos os homens com quem de alguma maneira já foi possível um bate-bola, e ao esporte com quem costumamos dividir o espaço dos corações masculinos, essas mulheres entram em campo. Nessa partida, só admitem jogar no ataque.

TODAS AS HISTÓRIAS DESTE LIVRO SÃO VERDADEIRAS.
QUALQUER SEMELHANÇA COM FATOS OU PERSONAGENS
REAIS NÃO É MERA COINCIDÊNCIA.

À Mariana e Isadora

À Florzinha, pela formação do trio perfeito

A todas as mulheres do mundo

Aos amigos, amigas, amigas de amigas, primos, primas, tios, tias, filhos, filhas, irmãos, irmãs, vizinhos, vizinhas, maridos, ex-maridos, futuros maridos, mães e pais que compartilharam suas histórias

A todos os garçons que nos aturaram nos bares até de madrugada

_ CAPÍTULO 1
CONCENTRAÇÃO

>> NINGUÉM ENTRA EM CAMPO SEM UM POUQUINHO DE TREINO, UMA PREPARAÇÃO QUALQUER. NESSE JOGO DOS RELACIONAMENTOS AFETIVOS NÃO É DIFERENTE. ALGUNS COMEÇAM MAIS CEDO, LOGO DEPOIS DO BERÇO. OUTROS MAIS TARDE, NO MATERNAL.

AS MENINAS REPARAM PRIMEIRO QUE AQUELA DIFERENÇA EM RELAÇÃO AOS GAROTOS TEM ALGUMA RAZÃO DE SER. ENQUANTO OS HORMÔNIOS ENTRAM EM EBULIÇÃO, ENSAIAM UMA COREOGRAFIA QUE NEM SEMPRE SERÁ USADA EM JOGADAS QUE PODEM SE TRANSFORMAR EM GOL OU GANHAR A LINHA DE FUNDO. JOGO É JOGO, TREINO É TREINO.

AO CONTRÁRIO DO QUE ALGUNS APREGOAM POR AÍ, TREINAR É PRECISO._

COMEÇO DE CONVERSA

Ela tinha 10 anos e tomara sua primeira decisão afetiva. Ele era muito branquinho, cabelos pretos, dentinhos trepados. Mais baixo do que ela. Era feio, mas ela não sabia. Respirou fundo em frente ao espelho do banheiro de meninas da escola.

– Sou bonita. A primeira da escola. A melhor no queimado. Tenho olhos verdes.

Ela era irresistível. Em tese. Abriu a porta como quem vai para a guerra. A vítima jogava bafo:

– Você quer me namorar?

– Eu hein!!!

Naquela noite, já em casa, Susie e Beto se beijaram pela primeira vez.

– Se os homens fossem bonecos seria mais fácil.

CARIDOSA

O jantar mal tinha começado. Ela misturava a comida sem vontade. O irmão, dois anos mais velho, levantou para atender o telefone. Não demorou três minutos. Deu uma garfada na lasanha à bolonhesa e disse a ela, de boca cheia:

– Fem finco ãfigos feus quefendo fe famorar...

Ninguém entendeu. Ele repetiu:

– Tem cinco amigos meus querendo te namorar!!

O pai deixou o garfo cair. Ela já gostava de um deles, 15 anos, moreninho. Mas resolveu dar um show de suspense:

– Diga que vou eliminar um por dia. No final, sobra um vencedor. Assim alguns podem sonhar comigo por mais um tempo...

O pai deixou a faca cair.

VIVENDO E APRENDENDO

Ela dançava com ele, rosto colado, em todas as festas. Só com ele e mais ninguém. Isso era namorar. Naquele tempo ainda não se "ficava". Durou um ano (ou pelo menos parecia que era tudo isso). Suspiros, olhares, bochechas grudadas, sorrisinhos. Um dia, na cozinha vazia da casa do amigo em dia de festa, ele lhe falou, depois de encher o copo de Grapette:

– Me dá um beijo?

Ela queria. Já sonhara com isso. Assustada, negou. Semanas depois, foi à festa de uma amiga da escola, outra turma. Para sua surpresa ele estava lá. Mas a bochecha estava grudada numa bochecha que não era a dela. No meio da noite, num canto embaixo da escada do salão, ao som de Air Supply, viu os dois se beijando.

Nunca, nunca mais fez cu doce.

AMOR INACABADO

Ele era tímido. Ela também. Ele era lindo. Ela também. Eles eram virgens. As semelhanças entre os dois acabavam aí. Ele era culto, ela não. Ela era infantil, ele não. Ele era católico praticante, ela não. Ele estava no primeiro ano do segundo grau, ela estava na sétima série do primeiro grau. Só se viam na hora do recreio da escola. Ela e as amigas jogavam um jogo de pedrinhas. Ele e os amigos conversavam sobre a vida. Os dois grupos – o dos meninos mais velhos e o das meninas mais novas – se encontravam todas as manhãs num determinado canto do colégio.

Ele não falava com ela, mas deixava palavras de amor escritas nas pedrinhas. Ela não falava com ele, mas colecionava as pedrinhas que ele deixava para ela. Um dia, venceram a barreira da timidez e começaram a namorar.

Ela adorava beijar na boca, mas queria mais. Tinha vergonha de querer mais, e tinha ainda mais vergonha porque ele – católico praticante – a respeitava. Quer dizer, recuava a qualquer avanço espontâneo do tesão. Ela ficava culpada, porque estava se lixando – e achava que não deveria estar – para a igreja, o santo papa e o escambau. O pai dela proibiu o namoro. Os pais dele o levaram para um intercâmbio no exterior. Nunca treparam.

COMPLICADINHO

Eles ficaram juntos na primeira noite de Carnaval. Mas ele foi logo avisando que não queria se comprometer. Ela topou, e nem por isso deixou de curtir os amassos. Na noite seguinte, chegou ao baile e nem procurou por ele. Pulou, rodou, dançou e pintou outro carinha. Muitos beijos e abraços, e o da primeira noite começou a olhar de cara feia. Ela não entendeu nada, mas resolveu ignorar. Seguiu se divertindo.
Já de manhãzinha, baile acabando, ela saindo, encontrou o tal carinha do discurso "sem compromisso". Ele estava sozinho, completamente embriagado e encharcado. O porre foi tanto que levou um tombo na piscina de roupa e tudo. Quando a viu, começou a gritar:
– Eu queria ter ficado com você!!
Ela tinha 15 anos – e até hoje não entendeu nada.

QUATRO É DEMAIS

Ela tem 13 anos e uma melhor amiga. Ele tem 15 anos e um melhor amigo. Os dois, juntos, chamam as duas para conversar. E dizem:
– Nós dois queremos ficar com vocês duas.
As duas, espantadas, perguntam:
– Quem quer ficar com qual?
Eles não sabem responder, pedem um tempo para pensar. Nova roda-

da de conversa, dois dias depois. R quer ficar com I. G quer ficar com M. Elas topam. Mas acabam achando que não foi uma boa. Conversam as duas. Decidem trocar. Eles topam. Resultado: cada uma vive a aventura de ter dois namorados naquele verão. Não dá certo para elas. Nem para eles.

SOGRÃO

Eram o casalzinho adolescente mais invejado da turma. Ela tinha 14 anos e morria de orgulho do namoro. Mas – como nada pode ser perfeito – ela era louca mesmo pelo pai dele. O fato é que o quarentão era o mortal mais parecido com artista de cinema que ela já tinha visto. No travesseiro, ela sonhava que o filho amadureceria igual ao pai, lindo de morrer. Ah! Mentira! Ela sonhava mesmo era com o coroa...

Um dia, numa festa, o namorado dançou com a mãe e sobrou para ela aquele Jean Paul Belmondo tupiniquim, grisalho, que fumava com os olhinhos apertados. Para seu deleite, teve os cabelos afagados em duas músicas do Commodors.

Foi a melhor lembrança daquele namoro.

IRMÃOS

Ela ainda era uma menina, mas vivia de olho num garoto mais velho. mistura de surfista, maconheiro e intelectual. Ainda por cima, ele tocava violão que era uma beleza e era cobiçado por todas as meninas. Tinha um irmão caçula. Um pouco gordinho e sem o mesmo charme – em comum, só era surfista e maconheiro; faltava a cabeça boa e o violão. Mas eram parecidos e ela sabia que o irmão mais velho não lhe daria a menor bola. Num fim de semana, viajaram. Toda a turma, praia, sol e surfe. Convencida de que não poderia conquistar o irmão mais velho, transou com o mais novo mesmo. Na beira da lagoa. Foi bom, mas durou só uma noite. Se fosse com o mais velho, estava disposta a casar, ter filhos e ser feliz para sempre.

LONGE DO PARAÍSO

Formavam um casal quase perfeito. O quase ficava por conta da ousadia dela, uma jovem sempre à frente do seu tempo. Estavam no terceiro ano do colégio, prestes a fazer vestibular. As famílias faziam gosto, ainda que a mãe dele a achasse impetuosa demais para o filho. O vestibular estava próximo e ele a pediu em casamento. Ele faria Administração de Empresas, seguindo a carreira do pai. Ela, que estava em dúvida entre Sociologia ou Economia, faria Economia, porque teria mais futuro... Dentro de quatro anos, quando estivessem se formando, se casariam e iriam morar no apartamento nos fundos da casa dos pais dele.

Ela pensou, pensou, pensou e tomou duas decisões: se inscreveu no vestibular para Sociologia e terminou o namoro, para surpresa dele, das famílias e das amigas. Mas ela intuiu que ele queria uma esposa que fosse o mais parecida possível com a mãe dele. Aos 18 anos, era apenas uma intuição que, anos depois, se confirmou. Os dois se encontraram num restaurante.

– Estou morando aqui perto, disse ela.

– Eu também. Na mesma rua, um pouco mais para cima. Mas como pode você morar aqui perto se eu nunca te vi na feira no sábado?

Ela explicou:

– Eu não vou à feira, muito menos aos sábados. Aliás, foi por isso que não casei com você. Porque não queria ir à feira aos sábados...

APRESSADINHO

Ela nunca tivera um namorado tão bonito. Moreno, alto, cheiroso. Estavam juntos há uma semana e ainda não haviam ido para cama.

Numa noite, ouviu dele, ao se despedir:

Você é a mulher com quem eu me imagino fazendo compras no supermercado.

Em dois dias já saía de novo com o ex, feio e infiel.

GULOSA

Ela tinha dois grandes amigos no cursinho pré-vestibular. Os dois eram bonitos, inteligentes, divertidos, educados. E eram – todo mundo sabia – apaixonados por ela. Uma vez, no intervalo, lhe perguntaram:

– Você não namora nenhum dos dois?

– Não.

– Gosta de outro?

– Não. Gosto deles mesmo. Mas é difícil escolher.

– Como assim?

– Se eu fico com um, perco o outro. E não agüentaria perder nenhum dos dois.

Então dali não saiu namoro. Ela foi fazer Medicina em Valença, um deles partiu para Engenharia em Campinas e o outro ficou no Rio estudando Oceanografia. Nunca mais se encontraram.

MÃE LIBERAL

Ela era a única do grupo de amigas que podia dormir com o namorado em casa. A mãe, separada, deixava. Os garotos adoravam. As garotas morriam de inveja.

Um dia arrumou um namorado que não podia dormir na casa dela. Os pais dele não permitiam. Foi o namoro mais longo que ela teve na adolescência.

FREUD EXPLICA

Ela era louca pelo filho do casal de vizinhos, amicíssimos dos pais. Esperar os almoços de domingo, quando as famílias se reuniam, era mais gostoso do que completar o álbum de figurinhas do mundo animal. Quando estavam frente a frente, porém, ela travava. Extrovertida em casa e na escola, passava por tímida e bocó ao lado dele – três anos mais velho.

Um dia ela adormeceu na casa do rapaz, enquanto os pais dela jogavam intermináveis biribas com os pais dele. Acordou com a mão dele passeando em sua bunda. Não contou para o pai nem para a mãe, nem para as amigas – quase nem para si mesma. O pai foi morar fora da cidade e os dois deixaram de se ver.

Quando o analista soube da história, vinte e cinco anos depois, mandou que ela o procurasse. Estão casados até hoje e, ao contrário dos casais amigos, fazem sexo quase todo dia. Para excitá-los basta lembrar daquela noite.

A COR DO AMOR

Ela tinha 14 anos e acabara de perder o primeiro namorado porque o rapaz foi morar em outra cidade. Ela chorou dias e noites, não queria comer... os pais ficaram preocupadíssimos. Tempos depois, mesmo sem esquecer o primeiro, arrumou outro. Bonitinho, educado, o genro dos sonhos... Mesmo com a filha dizendo que ainda gostava do outro, a mãe adorou:

– Ô, minha filha, esse aí também gosta tanto de você, vocês se divertem tanto...

– Mãe, sabe a diferença de filme colorido para filme colorizado? Pois é.

GOL CONTRA

Ele jogava futebol muito bem. Em campo, não tinha para ninguém. Isso, por si só, quase já bastava para ela se apaixonar por um garoto. Mas ele ainda abusava: era bom aluno, a voz não falhava mais e ia para a escola de bicicleta. Passou bons meses enganchada na grade de quadras e gramados esperando intervalos de jogo. Levava água gelada, os mais inteligentes comentários sobre o jogo que uma menina era capaz e olhares sedutores de filme da Metro. No dia em que o time da escola ganhou o campeonato da cidade, com três gols dele, a melhor amiga lhe anunciou no ouvido:

– Ele gosta de você!

Na comemoração da vitória, ele já a fuzilava de longe e ela suspirava naquele que prometia ser o dia mais feliz da sua vida. Logo ele se chegou. Finalmente a beijou. Tinha mau hálito.

DÍVIDA

– Ele me deu um pé na bunda, amiga.

– Merrrmo?

– É. Tô arrasada. E ainda por cima ficou me devendo cem pratas.

– Fora o cabaço, né?...

O ENGANO

Ela já tinha 19 anos, terceiro ano da faculdade. Sem namorado há alguns meses, na aula de Sociologia conheceu um cara. Inteligente, sensível, original. Não era lindo, mas tinha uma boca bonita, usava uns óculos redondinhos, cabelos cacheados. Só queria sentar ao seu lado e passavam um tempão na lanchonete juntos. Passaram a ir ao cinema depois da aula. Festival Truffaut, Melhores de Buñuel, filmes comerciais... Viram de tudo! À noite se falavam horas ao telefone. Mas nada acontecia.

Numa bela tarde de outono foram à vigésima sessão de cinema: "Cria Cuervos", de Carlos Saura. Antes da metade, cansada de esperar, ela atacou. Foi um estranho beijo. Um só. Nada disseram. No fim do filme andaram pela rua em silêncio. Ela não estava entendendo nada. Um clima pesado. Estaria ela com mau hálito? Teria ele aversão a garotas atiradas? Ou será que ele simplesmente não gostava dela??? Na portaria do prédio, ele encheu os pulmões e então finalmente esclareceu:

– Eu sou gay.

Melhor assim.

PRECE

Ela tinha 13 anos. A convite de uma amiga, foi passar o Carnaval numa cidade do interior. Era a primeira vez que iria a um baile noturno, e a mãe só deixou que fosse justamente porque era no interior, gente respeitosa, Carnaval de salão, e os pais da menina estariam o tempo todo no clube. Estava excitadíssima, e a noite confirmou suas expectativas. Nunca tinha namorado tanto – driblar a família da amiga num canto escuro do jardim do clube tinha sido mais fácil do que imaginava.

No dia seguinte de manhã bem cedinho, quando ainda sonhava com todos aqueles beijos na boca, foi tirada da cama às 7h da matina para ir à missa de domingo. De véu negro.

ANTI-HISTÓRIA

Ele gosta de samba, cerveja e futebol. Ela toca violino.

Ele é moreno de natureza e de sol. Ela, branca e alérgica.

Ele fala alto, tem a paixão nas palavras. Ela é calada, contemplativa – quase triste.

Ele adora política, é de esquerda, chora no hino nacional. Ela nunca sabe se é hora do "deitado eternamente em berço esplêndido..." ou "Brasil de amor eterno seja símbolo...".

Ele quer ter cinco filhos. Ela acha crianças seres estranhos.

Ele gosta do dia. Ela, da noite.

Outro dia se esbarraram na esquina da Visconde de Pirajá com Joana Angélica. O violino caiu, ele pediu desculpas, ela ficou rubra. Pegou o instrumento e entrou num táxi. Ele comprou um sorvete na Chaika e caminhou para a praia. Nunca se conheceram.

_CAPÍTULO 2

BOLA NA REDE

>> O OBJETIVO DE TODO JOGO É FAZER GOL. A TÉCNICA É DE CADA UM, AS TÁTICAS SÃO VARIADAS, MAS É PARA O MEIO DOS DOIS TRAVESSÕES QUE SE CORRE, BOLA DOMINADA, FOME DE VER A REDE BALANÇAR, A INDESCRITÍVEL SENSAÇÃO DE SE CHEGAR LÁ.

EXATO COMO UM ORGASMO._

PRÊMIO

Ela sempre achou que fazer sexo anal não é para qualquer um nem para qualquer dia. É uma espécie de prêmio. O namorado dela, professor, acadêmico, estava com problemas para terminar a tese de mestrado. Vivia angustiado com o tal final. Ele sempre queria a "via B" e ela não. Uma bela noite, ela cedeu. E até gostou.

No dia seguinte ele terminou o trabalho.

ANTROPOLOGIA DE BOTEQUIM

Ela andava suspirando de felicidade. Com jeito de quem tinha feito muito sexo e muito bom. Toda essa felicidade era porque tinha arranjado um namorado dez anos mais novo. A quem perguntasse, explicava:

– Tinha uma curiosidade antropológica de saber como seria. Estava com isso na cabeça desde que meu ex-marido casou com uma menina de 20 aninhos.

HOMENS DO MUNDO INTEIRO

Ela tem experiência internacional. Tanto que formulou uma tese sobre os homens e suas nacionalidades.

– Os portugueses sempre sofrem por amor e os japoneses são tarados. Os italianos têm sempre barbas que arranham e os americanos têm pau pequeno. O ingleses fazem sexo em silêncio e os argentinos falam as piores (ou melhores) obscenidades. Os mexicanos são animalescos. Os franceses só dão umazinha por vez. Os árabes são bons de sexo oral. Os alemães gostam de sexo grupal. Mas não me perguntem por quê...

RANKING

– Fiz uma lista superbacana, tabuladinha no computador, de todos os caras com quem já transei.

– É mesmo?
– É. Tem tudo. E com ranking e estatísticas. O IBGE não faria melhor.
– Maluca.
– Sabe qual foi meu melhor ano? 1997. Nove caras.
– Quais? Conta!
– Vou listar aqui no guardanapo... dois, quatro, seis, sete...
– Faltam dois...
– ...
– E então?...
– Sabe que não consigo me lembrar??...

APETITE

Foi passar férias sozinha numa praia da Bahia. Um paraíso. Muita preguiça, sol, sal, céu e peixe frito com cerveja. Cenário encantador, mas solidão demais enjoa. Logo se interessou por um sujeito bacanérrimo, que vivia no exterior, freqüentava a mesma barraca que ela na praia e tinha um papo ótimo. Intelectual e sensível. Conversa vai, conversa vem, e o cara não se apresentava para mais nada. Nem um beijo na boca. Sexo, então, nem pensar. Disposta a não encerrar a temporada em estado de virgindade, acabou transando com o garçom da pousada no chão da cozinha.

AMOR PERFEITO

Ela está apaixonada por seu bidê. Pelo menos, é com o bidê que ela vem fazendo sexo ultimamente.

– O bidê chega com facilidade ao ponto G, mantém a pressão e não faz questão de se satisfazer.

MANIA

Ela teve um namorado que tinha uma estranha mania relacionada ao ato sexual. Uma questão de intestino. O cara não transava de jeito nenhum sem

antes ir ao banheiro – fazer o número 2...
Até que eles namoraram bastante tempo.

CONEXÕES

Os dois moravam em cidades diferentes e se viam uma, duas vezes por mês. Como o caso era clandestino e o tempo mais do que curto, o programa era quase sempre o mesmo: chegavam ao destino no começo da noite, após o trabalho, e voltavam para a base no dia seguinte, mal o sol esquentava. Na madrugada não havia sono, nem falta de disposição, nem tempo a perder. Um cochilo seria um desperdício, uma heresia, uma ofensa aos deuses do amor. Um dia, na volta para casa, ela pegou um vôo que esticava para outra cidade. Um intervalo curto, daqueles em que os passageiros da conexão nem saem da aeronave. Acordou na cidade errada.

NECROFILIA

Ela tinha tara pelo que ela chamava de "sexo sonâmbulo". Gostava que o parceiro iniciasse os trabalhos de surpresa, quando ela ainda estava em pleno sono. Dizia que acordar com um homem já em cima dela era um prazer como poucos. Um dia o namorado lhe pediu que não acordasse. Queria ter a sensação do necrófilo. Ela tomou remédios e dormiu uma transa inteira. Para quê? Ele adorou. Agora ela tem que repetir a operação uma vez por mês.

YES, NÓS TEMOS...

– Eu nunca transei com um judeu, não sei como é o pau deles.

– Eu também nunca transei com judeu, mas uma vez tive um namorado que operou a fimose.

– Mas como é?

– Ah, duro é igual a outro qualquer. Mole é que não fica fechadinho, assim, que nem uma bananinha com casca.

– Bananinha...?

ENJOADA

Quando ainda era virgem, ela sonhava com sexo, mas tinha total aversão à idéia do sexo oral no parceiro. Não conseguia saber o que haveria de prazer – para a mulher – em realizar o tal do boquete. Teve a primeira relação com mais de vinte anos. O parceiro lhe pediu sexo oral (pediu não, empurrou a cabeça dela pra baixo). Fechou os olhos e caiu de boca. Vomitou todo o jantar preliminar. Nunca mais tentou.

VAZIO INTERIOR

As amigas já tinham lhe dito que ele era meia-bomba. Mas ela não acreditava. Ele parecia muito quente. Dois meses de paqueras no trabalho e saíram. Jantar, passeio noturno, esticada na casa dele. As preliminares mais incríveis que ela já tinha tido. Teve orgasmos múltiplos. Dali ele esperou um suspiro seu, disse que estava com sono e dormiu. Ela dormiu satisfeita. Na segunda vez, a mesma coisa. Na terceira ela pediu trabalho completo. Ele enrolou. Ela insistiu. Ele confessou que não conseguia. Uns dias depois ela terminou o caso:

– Chega uma hora em que um pau se faz necessário.

TUDO PELA SAÚDE

Ela passou o dia estudando os efeitos positivos da serotonina – a substância presente no corpo humano que nos dá a sensação de bem-estar e felicidade. Os melhores estímulos são sol, malhação, chocolate... e sexo. À

noite, numa festa, botou o olho num cara e gostou. Ensaiou o discurso:
– Oi. Meus níveis de serotonina estão muito baixos... Será que você realizaria um ato sexual comigo, para ajudar meu cérebro a produzir novamente grande sensação de alegria?... Questão de saúde, sabe... ?

AVENTURA

Ela trabalhava junto com o namorado. No terceiro andar. Dois pisos acima, no quinto e último, o chefe da grande empresa que lhes tirava o sangue e a juventude. Um dia chegou um estagiário. Garoto novo, risonho, mãos grandes dessas que chamam atenção até da avó da gente. Um dia o relatório dela foi desaprovado pela terceira vez, o namorado só lhe respondia com mau humor, o café foi racionado e sua unha quebrou. Passou a tarde inteira transando com o estagiário num banheirinho do quarto andar, com uma pia cuja altura parecia ter sido feita sob encomenda para os dois. Durante todo o tempo, só pensava que o chefe estava no andar de cima e o namorado, no andar de baixo. Voltou depois de três horas. Bateu novo relatório – finalmente aprovado.

OS NOMES DE BAIXO

– Não agüento gente que dá apelido para órgãos genitais! Uma amiga minha chama o pau do namorado dela de Zulu. A outra chama de Meu Rei...
– Coisa de baiano preguiçoso...
– Mas ela diz que de preguiçoso ele não tem nada... E o cara que chamava a minha de Scarlett...
– Já chamaram a minha de Neném e Paraíso.
– Ah, eu detesto. Tenho trauma. Um ex chamava de Minnie.
– O pinto dele era o Mickey?
– Pois é... Eu me apaixonaria perdidamente por um cara que chamasse ape-

nas de vulva ou vagina...
Dois anos depois ela encontrou. Casou. Mas passou a fingir orgasmos.

ECONOMIA

Ela recebeu o telefonema do ex-namorado.
- Vamos trepar?
- O quanto, de 0 a 10, você quer fazer sexo comigo?
- Nove e meio.
- Nada feito. Se tivesse dito 10, levaria...
Revoltada, argumentou:
- Dá para entender essa economia de meio ponto?

CHORONA

Ela sempre chora depois do orgasmo. Alguns caras com quem ela saiu achavam lindo, outros estranhavam, mas não reclamavam. No ano passado, conheceu um cara, maior paixão. Se casaram em seis meses. Ele, que não reclamava do "estilo" da moça antes, agora tinha dado pra tratá-la mal e dizer que era neurose.
Agora ela chora o tempo todo.

RODRIGUIANA

Duas amigas se encontraram, a primeira recém-separada. A outra quis saber:
- Mas o que houve?
- Não deu certo...
- Mas ele te traiu, você se apaixonou por outro... qual o motivo?
- Não há motivo concreto, não há traições... Isso é que tem sido mais difícil. As pessoas me perguntam e eu não tenho uma razão palpável pra elas segurarem...

– Entendo... Se ele te batesse, seria mais fácil, né?
– Olha, querida... se ele me batesse, talvez eu não tivesse me separado dele...

FIXAÇÃO

Ela se apaixonou pelo ginecologista. O problema é que ela não quer mais que seja uma relação platônica com alguém que ela vê de seis em seis meses, na hora do preventivo. Então deu o primeiro passo: não ser mais sua paciente.
– Não dá pra se relacionar com alguém que faz exame de toque e bico de pato em você!
Uma vez ex-paciente, telefonou para o ex-ginecologista, chamando-o para um jantar. Ele foi. O papo, me disse ela, foi ótimo. Mas não aconteceu nada.
Ela agora está apaixonada pelo dentista.

A TRÊS

Ela tinha 34 anos, criada em família de classe média de bairro conservador do Rio, com direito a batismo e primeira comunhão, descasada há um ano e meio, sem filhos. E, com tudo isso, acaba de fazer sexo a três.
– Eu estava bêbada. Muito bêbada. Nem me lembro direito. E não faria de novo. Jamais. Mas que foi bom, foi...

PUTA DE OCASIÃO

Ela contou para o namorado que sempre sonhou em bancar a prostituta. Ele topou a brincadeira. Escolheu uma roupa glamourosamente brega, fez a maquiagem mais pesada que conseguiu e, com a bolsinha que não podia faltar, se sustentou sobre um salto agulha pelas ruas onde as pseudocolegas trabalhavam. O namorado passaria de carro. Encenariam uma negociação financeira e teriam a transa do século em algum beco escuro, dentro do carro. Pediu:

– Mas me dê uns dez minutinhos para eu andar pela calçada, curtir o momento, me sentir realmente no clima.

Antes de cinco minutos de rua, as colegas de ocasião lhe deram a maior surra de sua vida. Passou meses só no papai-e-mamãe.

CONVITE INDISCRETO

Ela recebeu um telefonema de uma amiga. Era o convite para uma festa. A amiga queria saber o nome do acompanhante que iria com ela. Tinha um quê de ironia na pergunta, porque a amiga já sabia que ela estava separada, dando suas voltinhas pelo mercado. O que ninguém esperava era a reação dela:

– Por que você quer saber o nome do meu acompanhante? Eu não sou como você, que tem essa tara de transar durante 15, 20 anos com o mesmo homem. Preciso variar um pouco...

E foi à festa sozinha.

MASSAGEM NO EGO

Ela dava uma caminhada na praia e parou para fazer shiatsu. Meia hora de aperta aqui, puxa ali, alonga acolá, costas, mãos, sola dos pés, pescoço...Chegou a tirar um leve cochilo, tal o relaxamento. Calçava os sapatinhos, ao final, quando ouviu o shiatsuman:

– Você deve ter uma ótima vida sexual.

– Hein????

– Você libera o corpo, se entrega mesmo, muito legal!

Poderia ser uma ótima cantada. Mas ele era gay. E estava enganado.

RECALL

Leu no jornal que a loja britânica Ann Summers – especializada em roupas íntimas e produtos eróticos – estava fazendo um recall de 150 mil peças de um dos seus produtos mais vendidos: o vibrador *Rampant Rabbit* (Coelho Desenfreado). O aparelho estava dando defeito e poderia ser trocado.

– Seria ótimo se tivesse recall pra marido... – comentou com a amiga.

LEMBRANÇA

Ela era publicitária. Fazia uma campanha de uma nova marca de manteiga. Sem inspiração, mandou um e-mail para o colega bonitão: "O que te lembra manteiga?"

Resposta: "O Último Tango em Paris".

Transaram na mesma noite.

AROMA

Os dois, casados, iam sempre ao motel na hora do almoço. Depois voltavam para o trabalho. Não dava para tomar aquele banho, para não chegar de cabelo molhado. Nem sempre a limpezinha geral era suficiente. Um dia, na porta da empresa, ele cheirou as mãos:

– Aromato de bucetol.

CHULÉ

Ela tinha chulé. Desde pequena. As amigas não agüentavam quando ela tirava o sapato. Passou a não tirar o sapato em lugar nenhum, morria de vergonha. Um dia arrumou um namorado que tinha tara pelos seus pés. Tirava-lhe os sapatos e chupava seus dedos como quem sorve um Chicabon. Estava na cara que era o homem da sua vida.

PUM

Ela era fresquinha, fresquinha. Mania de limpeza, banhos ao acordar, antes de trabalhar e antes de dormir. Talcos, cremes, colônias. Um dia – involuntariamente, é claro – deixou escapar um pum quando estava na cama com o namorado. A coisa estava tão quente que ele nem ouviu.

Uns dias depois, ele terminou o namoro. Ela colocou a culpa no pum. Nunca se perdoou.

COSPE OU ENGOLE

Só 12% das mulheres que fazem sexo oral engolem. – Só?, espantou-se, indignada, quando acabou de ler a informação numa revista.

Descobriu que fazia parte de uma minoria. E já poderia fundar uma ONG. Procurou apoio entre as amigas mais próximas. Encontrou 100% de adesão.

PRAZO DE VALIDADE

Eles namoraram durante muitos anos. Ela achava o que todas as mulheres acham – que ele não queria compromisso. Ele argumentava que, se casasse, o tesão por ela acabaria. Vivem juntos há três anos. Não trepam há seis meses.

MOTEL E FAXINA

Eles eram casados, mas continuavam freqüentando motéis. Ela adorava as banheiras de hidromassagem. Mas, como tinha um certo nojo, carregava na sacola um kit-faxina. Chegava no motel, sacava o desinfetante, o pano de chão, limpava tudo e só depois mergulhava nas borbulhas.

DVD

Eles estavam namorando há pouco tempo. Tão pouco que faziam sexo todas as vezes em que se encontravam. Numa noite, ela foi para o apartamento dele depois de um dia exaustivo. Deitaram diante da TV, mas antes que pudesse rolar qualquer clima, ela adormeceu. No dia seguinte, quando acordou, percebeu algo de diferente no comportamento dele, mas estava atrasada para o trabalho. Durante o dia, telefonou, mas ele não atendeu. No dia seguinte, a mesma coisa. No quinto dia em que já não se falavam, ele terminou tudo. Era porque ela tinha dormido naquela noite, num tipo de intimidade que ele não queria.

Brigaram, voltaram e casaram.

PROFISSÕES

Ela namorou dois empresários, um arquiteto, três professores de educação física, um sushiman e um cardiologista – que deixou seu coração em frangalhos.

Só encontrou a felicidade com um motoqueiro entregador de pizza. Ela explica:

– Prático, pontual, sem rodeios. Afinal, se ele atrasar, a pizza é de graça.

_CAPÍTULO 3

PRIMEIRO TEMPO

>> O CASAMENTO É COMO UMA PARTIDA DECISIVA. OS TIMES ENTRAM EM CAMPO COM MUITA, MUITA FOME DE GOL. AOS POUCOS, PORÉM, O JOGO VAI GANHANDO UM RITMO DIFERENTE, MAIS VAGAROSO, NADA DAQUELA HISTÓRIA DE PEGAR A BOLA NO MEIO DO CAMPO E PARTIR COM TUDO PRA CIMA DO GOLEIRO. POR UM LADO PODE SER BOM, JOGADORES PACIENTES, CHUTES PRECISOS DE LONGA DISTÂNCIA, PASSES DE CALCANHAR... POR OUTRO, HÁ QUEM ENTRE NUMA DE SÓ CUMPRIR TABELA — O QUE É MUITO, MUITO RUIM. O IDEAL DO CASAMENTO É QUE SEJA UM JOGO QUE TERMINE EM EMPATE. SÓ NÃO PODE FICAR NO ZERO A ZERO._

CONTRATO

Ela reclamava da vida, do marido, do casamento, das chateações que envolvem a difícil convivência cotidiana. A amiga ouvia, atenta, e, lá pelas tantas, perguntou:

– Você tem plano de saúde?

Ela estranhou a mudança de assunto:

– Tenho, por quê?

– Aposto que, quando você fez o plano, não leu as letrinhas miúdas do contrato. Pois é, casamento é a mesma coisa. Tudo isso de que você está reclamando estava no contrato. Você que não leu direito...

DURA REALIDADE

Ela tinha namorado. Ele tinha namorada. Mas desde a primeira vez que se viram, sentiram um irrefreável tesão um pelo outro. Tipo atração fatal. O pior é que eram da mesma turma, saíam juntos. Um dia, ela apareceu sozinha na área dele. Entre o encontro e a cama, foi coisa de algumas horas. Os dois continuaram seus respectivos namoros, e de vez em quando davam um jeito de se encontrar. Transavam fervorosamente. O namoro dela acabou. Ela continuou saindo com ele de vez em quando. Um dia ela soube que ele estava sozinho. Telefonou. Cercou daqui e dali. Ele a convidou para viajar no fim de semana:

– Quero que você seja minha namorada.

Viajaram, namoraram, casaram e tiveram um filho. Só não foram felizes para sempre porque esta história é real.

APELIDOS

No namoro já haviam se chamado de todos os apelidos tatibitate. Casaram. Pegaram a estranha mania de se chamarem de "filho" e "filha". Um tempo depois, nasceu o primeiro rebento. Passaram a se chamar de "pai" e "mãe". Depois de um ano, ela voltou à velha forma, chamando-o de "filho". Ele manteve o "mãe". Definiram, afinal, a relação que tinham.

TÁTICA

O lugar é muito conhecido no Rio de Janeiro. Um cantinho no calçadão da praia com brinquedos e infra-estrutura para bebês e crianças. É lá que ela resolveu que encontraria um marido. Pegou o filho da melhor amiga e seguiu na caça a um pai separado e carente.

Olhou em volta, escolheu o mais bronzeado. Dedo anular esquerdo vazio, garotinha pendurada no pescoço. Desfilou as perguntas memorizadas:

– Ela já desfraldou? Já teve rotavírus? Engole o antibiótico? Tem alergia alimentar?

Casaram-se em seis meses.

FRANCO-ATIRADORA

Ela era louca por ele. E muito ciumenta. Sabia que ele havia tido muitas namoradas. E não suportava que ele se referisse a nenhuma. Queria se casar, mas ele morava em outra cidade. Tinha medo que um dia ele voltasse para lá. E ele não se resolvia. Um dia achou que era o caso de fazer alguma coisa. Roubou na pílula. Em dois meses estavam casados. Às amigas mais íntimas, que indagam se foi mesmo caso de golpe, ela afirma, categórica:

– Se Deus fez a mulher assim, com esse poder sobre a vida humana, com certeza foi para que a gente usasse essa arma.

TEMPERATURA

O problema começou na primeira noite em que dormiram juntos. Ela queria se cobrir. Ele morria de calor. Até aí, tudo bem. Depois foi a viagem de lua-de-mel. Ele queria a serra.

– Que frio! – ela reclamou, embora fosse janeiro. – Vamos para a praia...

No impasse, ficaram em casa. Culminou com a blusa de gola rolê que ela lhe deu de presente de casamento num inverno. Mas num inverno carioca, é preciso esclarecer. Ele tomou como ofensa. Ironia. Sarcasmo. Pediu o divórcio.

AMIGONA

– No meu parecer técnico, ele está ameaçado.

– Não sei, estou insegura. Ele está me achando feia, me disse outro dia que estou gorda.

– Ele te ama, vai por mim...

– Será? Não me procura há um tempão e chega em casa cada vez mais tarde.

Mas a amiga insistia:

– Tenho certeza de que ele está se sentindo ameaçado pela mulher que você é. Por isso age assim.

Em seis meses ele foi viver com outra.

ACORDO

Ela era a mulher mais bonita da cidade – um pequeno município do interior. Casou- se com um cara boa-praça. Ele logo viu que ela, além de beleza, tinha *fogo*. O início do casamento foi maravilhoso. Ele nunca pensou que uma mulher pudesse gostar tanto da coisa. Eis que, meses depois, ele já não conseguia mais viver daquela maneira. De manhã, de tarde, de noite, rapidinhas e demoradas, na cama, em todos os lugares da casa, no carro, na rua!... Ele já não tinha energia para o trabalho nem para o futebol com os amigos. Foi numa noite dessas de pelada (pelada de bola, não de mulher...) que os amigos comentaram que ele não era o mesmo, que tinha emagrecido, que não jogava mais, que nem conversava mais. Naquela noite, em casa, ele abriu o jogo com a mulher. O ritmo tinha que reduzir ou ele morreria! Ela compreendeu em parte. Conversaram. Negociaram.

Hoje ele faz o que pode. E o que ele não pode fazer, outros homens da cidade fazem. Com o consentimento do marido. No "regulamento", que ela nunca dê para os amigos dele. De resto, ele aceita. Não precisa nem saber quem são. É possível que sejam felizes para sempre...

COMPREENSIVO

Viviam numa pequena cidade. Ela era louca para ser mãe. Se casou aos 21, com o homem que amava. Dois anos depois, nada de filhos. E olha que tentavam com afinco... Foram se consultar num médico da capital. Ele era estéril. Pensaram em adotar crianças, mas ela queria os dela. A tristeza tomou conta da casa. Viviam um impasse dramático e existencial. Ela chorava dia e noite. Ele sofria com a depressão da mulher.

Numa noite qualquer, ele chegou do trabalho e disse a ela que tivesse os filhos tão desejados com outro. Com outro, não. Com outros. Que escolhesse homens saudáveis da cidade e pimba! No "regulamento", que, para todos os efeitos, aqueles filhos eram dele e pronto. Hoje eles estão velhos. E ainda casados. "Tiveram" cinco filhos.

VIÚVA ALEGRE

Casou-se virgem, com pompa e circunstância, aos 20 com o primeiro namorado, com quem estava desde os 18 – tardios na comparação com as amigas. Tiveram um filho e uma vidinha pra lá de morna. Ficou viúva tragicamente aos 30. Aos 32, já estava no quinto namorado.

– Homem é bom demais.

O PIANO

Eles são casados. Conseguem, depois de muito trabalho, trocar o pequeno apartamento por uma boa casa. Ampla, arejada, grande e confortável, como devem ser as boas casas. Os móveis antigos foram "tragados" por tanto espaço. É preciso comprar sofás para a sala. Ele é apaixonado por música clássica. Tocava violino desde a infância. Juntos, vão a concertos. Um dia, ele chega em casa e diz:

– Comprei um piano.

Ela reage mal – queria os sofás, claro. Para convencê-la, ele agora trepa com ela em cima do piano.

UM FIGURINO PARA CADA PAPEL

Ela se casou jovem, com um rapaz igualmente jovem. Bonita, atraente e extrovertida, vivia sempre com roupas da moda, algumas bem ousadas.

Depois do casamento, tudo mudou. As amigas comentavam que ela parecia viver um personagem. Quieta, fechada, sumida. E, como para cada personagem há uma roupa específica, passou a usar roupas de senhora.

O marido não era do tipo repressor. Ao contrário. Percebeu a mudança. E não gostou.

Um dia, no primeiro aniversário de casamento, deu a ela um vestido com um grande decote nas costas. Ela nunca usou. Na primeira festa de neo-solteira que ela compareceu, o decotão nas costas foi o comentário da noite.

A SOGRA

A mãe do namorado estava doente. Gravemente doente. Mas, de casamento marcado, foram convencidos pela sogra a não desmarcar nada.

Às vésperas do casamento, na agência de viagens em que escolhiam o pacote que os levaria a Europa, ele foi enfático:

– Você me faria o homem mais feliz do mundo se não se zangasse de eu levar minha mãe conosco. Tenho medo de que ela morra e nunca faça uma viagem dessas.

Ela queria mesmo fazê-lo o homem mais feliz do mundo. Aceitou.

SISTEMÁTICA

Ela tinha mania de arrumação. Sempre teve, desde pequena. Filha de militar que exigia disciplina no quartel e em casa. Virginiana. Casou com um homem bagunceiro, desorganizado e distraído. Um dia, ainda namorados, saíram para jantar e ela foi pegar um guardanapo no chão. Percebeu que ele estava com sapatos diferentes. Mesmo um sendo marrom e o outro preto, de modelo quase igual, ela morreu de vergonha.

– Todos os homens são mesmo bagunceiros – minimizou a mãe.

Em casa ela tinha o costume de limpar a mesa com um paninho antes de os convidados irem embora. Chegava a fazer a limpezinha várias vezes. O marido se incomodava:

– As visitas se sentem desconfortáveis!

Mas ela não conseguia ser diferente.

Um dia ficou grávida. A família comemorou. Ela fez listas tabuladas de tudo que o bebê precisaria, contabilizou fraldas, fez dezenas de entrevistas com babás já desde o terceiro mês de gestação.

Nasceu uma menina linda. Uma menina que até quase um ano não tinha hora para mamar, nunca dormia a noite toda, chorava sem motivo aparente – aliás, como todos os bebês. Ela enlouqueceu por não poder planejar nada. E mudou.

Outro dia parou no meio de uma grande avenida do Rio. Esquecera de botar gasolina e esperava um reboque. Às gargalhadas.

SINTOMA

O casal que estava sempre em crise. Viviam juntos, mas em casas separadas. Todo o tempo discutiam sobre quem cederia o quê. Se ela deveria ir dormir na casa dele, se ele poderia ir dormir na casa dela. O impasse era permanente, mas mesmo assim eles discutiam a possibilidade de viver juntos. Ele queria ter a experiência de morar com alguém. Ela era separada, não queria repetir a dose. As amigas dela não entendiam muito bem as razões de tanta reticência. Ela explicou:

– Ele é muito complicado, não come frango. Como eu posso casar com alguém que não come frango?

FALTA DE TEMPO

Ele era conhecido na turma como o mais fissurado em sexo. Os amigos homens invejavam sua disposição para o esporte. Até que um dia ele casou e teve filhos. Primeiro, um menino. Depois, um casal de gêmeos. Paizão pra ninguém botar defeito.

Um dia, na saída da escola dos filhos, encontrou um amigo de cursinho. Conversa vai, conversa vem:

– Então, ainda és a mesma potência?...

– Eu? Não. Minha mulher e eu não temos mais tempo para isso.

CASAMENTO ABERTO

Estavam completamente apaixonados. Já eram escolados em histórias de traição, ambos já tinham sido casados. Então combinaram de ter um casamento aberto – desde que contassem tudo um ao outro. Um dia ela se interessou por um cara. Sexo não rolou, até porque os dois estavam fisicamente separados – o tal sujeito, embora ela tenha o conhecido aqui, morava no exterior. O marido desconfiou de alguma coisa, e tanto fuxicou que achou e leu todas as mensagens dela na caixa de correio.

– Você teve um caso e não me contou.

– Não tem grande importância, ele mora tão longe...

Mesmo assim ele terminou o casamento.

CAMISA DE HOMEM

Primeiro casamento. Ela não tinha experiência nas tarefas domésticas, ela passava as camisas do marido, mas ele sempre se queixava de que não ficavam boas. Tempos depois, o casamento acabou. Ela se casou de novo. Quem passava as roupas era a empregada, mas ele vivia se queixando de que as camisas nunca estavam boas. Ela argumentava: "Eu não sou responsável pelas suas camisas". O casamento acabou. Ela insistiu, casou de novo. Quem passa as roupas é a passadeira, contratada exclusivamente para a tarefa. Mesmo assim, ele se queixava: "Minhas camisas estão muito mal passadas". Quando ouviu a frase do terceiro marido, achou que sua existência estaria fadada a ser marcada pelas camisas masculinas.

Telefonou para a mãe e pediu a velha receita de goma das mulheres da família. Ensinou a passadeira a fazer, explicou para a empregada que as camisas dele só poderiam ir para o armário depois de passar por um controle de qualidade. Nunca mais ouviu a tal da frase. Continuam casados.

BOTÕES

Ela foi jantar com um amigo recém-separado, em quem ela sempre estivera de olho... Antes da sobremesa, o cara diz:

– Preciso voltar a me casar para que alguém tome conta dos botões da minha camisa.
Nunca mais atendeu a qualquer telefonema dele.

AMOR DE CARNAVAL

Ela conheceu o marido num baile de Carnaval. Quando o viu pela primeira vez, ele beijava uma moça sobre uma mesa suja de cerveja. Festa terminada, na porta do clube, a garota já tinha sumido, papo vai, papo vem e os dois acabaram ficando juntos. Namoro engrenado, ela criou aversão a Carnaval. Bailes, não, blocos de rua, nunca, avenida, jamais! O namorado – depois marido – adorava a Folia de Momo – justo como ela, antes. Reclamava. Se gostavam tanto, por que não freqüentavam mais?
Mas ela tinha ficado com o trauma da imagem libidinosa do agora marido sobre a moça seminua melada de cerveja. Não ia para a folia nem permitia que ele fosse. Ficaram casados cinco carnavais. Então se separaram, já com um filho. No ano passado, se encontraram no mesmo baile. Se agarraram a noite inteira.
Casaram de novo. No último Carnaval a agenda do casal vai do Cordão do Bola-Preta ao Desfile das Campeãs.

FALTA DE SINTONIA

Eles estão casados há alguns anos e têm dois filhos. Tinham tudo para estarem felizes. Gostam um do outro, mas simplesmente não conseguem parar de brigar. Por tudo. De bobagens a coisas de grande importância. De cinco em cinco minutos e na frente dos outros. Eles estão sempre na defensiva em relação ao outro, mesmo o que é dito inocentemente é interpretado como crítica ou espetadela. Eles chegam ao restaurante. Olham o menu. Ele diz:

– Vou comer um filé com fritas.

– Você viu que tem um salmão que parece bom?...

Ele rebate. Acha que o comentário dela, na verdade, quer dizer: "você nunca varia, come sempre a mesma coisa" ou "você deveria comer coisas mais saudáveis". Ela se revolta. Acha que ele, no fundo, não aceita nada do que ela fala. E reclama:

– Ele não gosta de nada do que eu falo!

– Ela está sempre com pedras na mão!

Uma amiga comum que assistiu a briga resolveu intervir.

– Vocês se gostam tanto... Têm que resolver isso.

Os dois, em coro, responderam:

– Não dá. Só com arma de fogo!!

AUTISMO A DOIS

Desde que se apaixonaram, se fecharam numa concha, se isolaram do resto do universo. O tempo pode fechar, no sentido literal ou figurado, mas para eles parece que o céu está sempre azul. Os amigos ficam em segundo plano, só saem sozinhos, se telefonam o dia todo quando separados. A quantidade de bordões que criaram transformou um diálogo deles em código secreto. A melhor amiga dela bem definiu:

– Vocês são um casal autista!!

CACHORRINHA

Eles já estavam quase na terceira idade. Ela tem uma cachorrinha. Francisca. O marido detesta Francisca. E talvez a própria mulher. Trata-se de um silencioso pacto para viver juntos. Ele trabalhou, sustentou, deu segurança financeira e estabilidade. Ela criou os filhos, cuidou da casa, deu suporte ao marido. O tempo passou para os dois, que vão viver a velhice juntos. Ele tem uma carreira profissional, sucesso, respeito. Ela tem Francisca.

PALAVRA DE AVÓ

Ela tinha uma avó que ficara casada 75 anos. Nas bodas de diamante, lhe perguntou o segredo para manter o casamento.

– Todos os príncipes um dia se transformam em sapos. O segredo de ser feliz é saber que até os sapos podem ter suas qualidades.

ESPOSINHA

– Coça minhas costas?
– Coço...
...
– Faz cafuné?
– Faço...
...
– Pega um copo d'água?
– Pego.
...
– Traz meu chinelinho?
– Trago...
...
– Prepara um macarrãozinho?
– Preparo...
...
– Abre as perninhas?
– Não. Boa-noite, amor. Dorme bem.

A SÍNDROME

Ela está inquieta. Tem entre 35 e 40 anos. É bem-sucedida profissionalmente, tem uma carreira. Tem um marido que a ama, a quem ela também ama. Tem filhos adoráveis. Tem uma boa situação financeira, resultado do trabalho conjunto do casal. E de repente descobriu que não está feliz. O marido é boa gente, bom pai. Não há brigas, não há traições (sabidas), não há problemas palpáveis. Mas também não há felicidade. Falta algo. Indefinível, indecifrável. Ou o que se pode batizar de "Síndrome da Infelicidade Feminina Sem Causa Aparente". Trata-se de um tipo de epidemia, de uma síndrome que já tem sintomas definidos, mas ainda sem diagnóstico preciso.

Tudo que tinha descoberto sobre os sintomas da tal síndrome é que se sentia infeliz porque todas as suas fontes de satisfação eram externas – os filhos, o trabalho, a família, o marido. Queria ser feliz ali, sozinha, se olhando no espelho. Pensar nisso fazia que se sentisse profundamente egoísta. E, ao mesmo tempo, era a única idéia capaz de fazê-la feliz.

CAPÍTULO 4
INTERVALO

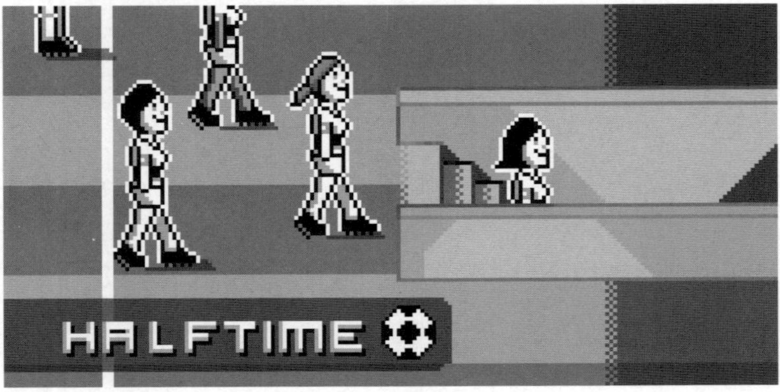

>> O PRIMEIRO TEMPO DA PARTIDA FOI RUIM. HORA DO INTERVALO. NAS SEPARAÇÕES, NÃO CUSTA NADA FAZER A CRÔNICA DO JOGO E PASSAR VÁRIOS VIDEOTEIPES DA PARTIDA, EM BUSCA DE UMA NOVA MANEIRA DE ROLAR A BOLA. PORQUE O JOGO CONTINUA. E SUBSTITUIR O ESQUEMA TÁTICO PODE SER A GARANTIA DE UMA VIRADA NUM POSSÍVEL SEGUNDO TEMPO. OU MESMO NUMA PRORROGAÇÃO. SEPARAÇÕES SÃO OS INTERVALOS DESSE JOGO QUE NUNCA TERMINA._

DOAÇÃO

Eles já tinham se separado. É verdade que debaixo de porrada e muita baixaria. Mas assim mesmo ela quis ser elegante, pacífica. Ele precisava ir em casa buscar as coisas dele. Ela preferiu sair e deixá-lo lá sozinho, segundo ela, "separando o que ele achava que era dele". Ele fez uma limpa. Quando ela chegou em casa, não tinha uma peça de roupa nem um par de sapatos no armário. Perguntado sobre o destino das roupas dela, ele explicou:
– Doei aos pobres.

PERDÃO

Ela estava casada há mais ou menos sete, oito anos. Vida dura, dois filhos pequenos para criar, cachorro, papagaio, empregada e, sobretudo, contas, muitas contas. Um belo dia, chegou em casa e o marido avisou:
– Estou apaixonado por outra mulher, quero me separar.
Ela chorou a noite inteirinha, mas de manhã decidiu:
– Tudo bem. *Eu* vou sair de casa.
E foi roer o pé da cama, sozinha num apart-hotel. Ele ficou com a casa, os filhos, as contas, a empregada, o cachorro, o papagaio e a nova paixão. Passaram-se três meses. A paixão acabou. A jovem mulher se mandou. Eles voltaram a viver juntos e são felizes juntos até hoje. Já são avós.

TRAUMA

Depois de três meses separada, ela teve a derradeira certeza de que nunca voltaria para o ex-marido em frente a uma gôndola de pacotinhos de queijo ralado. O ex nunca a deixara comprá-los. Dizia que tinham gosto ruim – bom era comprar inteiro e ralar na hora. Claro que não foi só por isso que ela se separou. Saiu do supermercado sorridente e com um estoque de queijo (já) ralado.

FILHOS

Eles eram o casal da turma, inseparáveis desde a adolescência. Ela, do tipo maternal, sempre dizia que queria pelo menos três filhos – mas sonhava com cinco. Ele, do tipo prático, admitia para quem quisesse ouvir que não gostava de crianças. Depois de oito anos de namoro, casaram. Depois de cinco anos de casamento, nada de filhos. Ele usava até camisinha, com medo de ela "roubar" na pílula. Não queria mesmo rebentos. O desgaste foi tanto que se separaram. Menos de um ano depois ele se casou com outra – que está esperando o segundo filho.

ESPERMATOZÓIDE

Ela era casada, mas o marido vinha de um primeiro casamento e já tinha filhos adultos. Não estava definitivamente disposto a passar pela experiência da paternidade novamente.
Ela não abria mão da maternidade e, dado o impasse, eles se separaram. Ela foi à luta e arranjou um namorado com quem teve um filho. O namoro durou pouco, porque o interesse dela pelo ex-marido ainda estava ali, vivo. A única incompatibilidade entre os dois era mesmo aquele papo de ter ou não filhos. Ainda namorando o pai do filho, ela começou a ter um caso com o ex-marido. Quando viu, já estavam juntos de novo. Hoje, é ele quem cria e sustenta o menino. O pai biológico nunca mais pôde ver a criança.

EX-MULHER

Ele tinha se separado quando o filho ainda era bebê. A ex-mulher jurava que jamais o perdoaria. A ex não sabia de nada, e os dois começaram a namorar. No começo, foi tudo ótimo, como sempre são os começos. Lá pelas tantas, a ex passou a infernizar a vida dos dois. Telefonou de madrugada, fez chantagem com a criança e pediu cada vez mais dinheiro. Tanto fez que acabou com o segundo casamento dele.

Ela nunca mais se casou, e vive de pensão até hoje.

DESPREPARADO

Ela vivia sozinha com os filhos. Separada, o ex vivia em outra cidade. Folga das crianças nem de 15 em 15 dias. Ele vivia sozinho. Separado, os filhos viviam com a ex em outra cidade. Um dia, começam a sair juntos. Conversa inevitável: os filhos e a difícil relação com os ex. Ele diz:

– Estou me preparando para trazer meus filhos para morar comigo. Mas preciso de um ano para me preparar.

Ela, que tinha se "preparado" em menos de um mês, não tem coragem de dizer nada. Estavam juntos há pouco tempo, não era o caso de criar clima. Ele, sensível, percebe que tinha dado mancada. E completa:

– É, eu sei que vocês mulheres fazem isso sem se preparar. Mas para os homens é diferente.

Ela concorda e o namoro acaba.

PODEROSA

Ela estava sempre por cima – e não só na cama. Casada há quatro anos, bonita, bem-sucedida profissionalmente. Sempre dizia às amigas íntimas:

– Ele me ama muito mais do que eu a ele. É louco por mim.

E achava bom que fosse assim. Isso a mantinha segura e em paz.

Tiveram um filho. Ela se sentiu mais completa ainda.

Um dia ainda de manhã cedo, ela dava uma baforada de Paloma

Picasso no pescoço quando ele anunciou que estava saindo de casa. Amava outra.

GERAÇÃO

Ela havia se separado do marido, que todos julgavam ser o homem perfeito. Outro dia uma amiga se encontrou com a mãe dela, inconformada, na rua. Conversaram um pouco e a amiga, que achou que a separação foi a melhor coisa na vida da outra, disse à senhora:

– Mas Dona Marília, ela não amava mais o cara.

No que a mãe respondeu:

– E isso lá é motivo para se separar?

NEGOCIAÇÃO

Eles eram um casal até bem pouco tempo. A separação foi uma decisão racional, objetiva e de comum acordo. Para encerrar a relação, negociaram muitas coisas – inclusive o que poderiam ou não "abrir" para outros possíveis relacionamentos.

– Você aprendeu a gostar de vinho comigo, não pode usar isso para seduzir outra pessoa.

– Você aprendeu a transar nessa posição comigo, não pode usar com outra mulher.

– Nunca vá ao nosso restaurante preferido com outros.

– Se ouvir nossa música com outra, te mato!

COMO SE FOSSE FÁCIL

Ele é um cinqüentão enxuto. Separado, filhas adultas. Quase tudo resolvido, menos o coração. Anda procurando uma namorada. Diz que sua lista de requisitos é pequena:

– Tudo que eu quero é trepar, ir ao cinema e conversar.

EM BUSCA DO TEMPO PERDIDO

O pai dela tem 60 anos e acaba de se separar da mãe, com quem estava casado há 32 anos. Não houve briga, não houve traições – não houve motivo palpável. Apenas uma explicação simples:

– Ele acha que ainda tem uns cinco anos com gás e energia para aproveitar a vida. E não quer perder nem mais um minuto... Então largou os compromissos familiares, o vídeo com pizza no sábado à noite e o soninho de domingo à tarde no meio da transmissão de futebol por saídas noturnas, praia e – claro – caça ao sexo oposto.

ELOGIO

Ela acaba de se separar do marido. Mora sozinha com seus dois filhos. Tem aproveitado a liberdade para namorar. Dia desses, estava chegando em casa com um rapaz e a vizinhança, curiosa, olhou para ver quem era o acompanhante. Ela notou que havia um interesse excessivo na sua vida, o que foi confirmado pelo filho mais novo:

– Meus amigos dizem que você arruma namorado fácil.

Ela fez cara feia, mas o menino tratou logo de esclarecer:

– Mãe, isso é um elogio!

O ÚLTIMO REFÚGIO

– Eu vou mudar. Eu já mudei.

– Vai nada.

– Querida, eu te amo. Não quero a separação.

– Ama nada.

– Amo, sim, com toda força e para sempre. Faço tudo pra não te perder.

– Faz nada.

– Sabe aquela viagem a dois pra Paris, que você sempre sonhou?... Te dou!

– Dá nada.

– Dou sim! E serei fiel, fidelíssimo!

– Será nada.

– Essa você não vai resistir: nunca mais te obrigo a ver sinuca na televisão! Pronto!

– Que piada...

– Você não acredita em mim??...

– E deveria?...

– Claro que sim, meu amor!!

– ...você faz o que eu pedir mesmo?

– Faço!

– Qualquer coisa?

– Qualquer coisa! Pede, pede!

– Então tá. Quero ficar com seu celular por uma semana inteira, a partir de agora. Com a senha pra ouvir mensagens.

– ...

– E então?...

– Você já tem um advogado ou vai usar o meu?

PRECOCE

Elas estavam num bar, bebendo. Uma tinha acabado de levar um pé na bunda. A outra estava apaixonada, e anunciou:

– Ele é o homem da minha vida.

A que sofria rebateu:

– Não acredito em homem da minha vida...

A apaixonada tentou argumentar:

– Não acredita agora, porque está amargurada!

– Não acredito desde criancinha.

DOS MALES O MENOR

Liguei para casa dele de madrugada e uma mulher atendeu!
– Poderia ser pior se um homem atendesse.

VIDA DE CÃO

Ela tinha um casamento de muitos anos e dois filhos. Separaram-se. Ela se mudou de um apartamento para uma casa. Os filhos quiseram um cachorro, ela comprou um labrador lindo. Os filhos adoraram. Ela arranjou um namorado. Passou a cuidar de uma carreira profissional, uma casa, dois filhos, um cachorro, um namorado e um ex-marido. Até que ela e o namorado brigaram. O cara pulou fora com o seguinte argumento:
– E tem mais. Homem nenhum vai querer namorar uma mulher com dois filhos e um cachorro.

O AMOR NÃO ESCOLHE LUGAR

Trinta e poucos anos, primeiro casamento desfeito, passou vários meses freqüentando chats de namoro para conhecer gente. Até aí nada de novo. Conheceu alguns, não rolou qualquer química. Um belo dia, foi à festa de aniversário da filhinha de uma amiga. Inocentes festas, as infantis, aquelas em que qualquer dieta vai para o brejo para quem adora cachorros-quentes e brigadeiros. E onde os solteiros muitas vezes se deprimem diante de retratos de famílias felizes. Foi nesse ambiente tão improvável que ela encontrou seu amor – um charmoso e inteligente descasado. Estão namorando há dois anos, morando juntinhos e felizes.

OS SANTOS NÃO MENTEM JAMAIS

Ela não podia encontrar alguém que entendesse de candomblé que lhe diziam de cara:

– És filha de Iansã!

Criada em berço católico, batizadíssima, casada na igreja, dois filhos já no catecismo, ela não sabia bem o que aquilo queria dizer. Mas a situação se repetia. Depois de dez minutos de papo, foi a vez da manicure desconhecida vaticinar:

– Você é própria filha de Iansã! Tá na cara, todo o jeito!

– Jeito?...

Um dia resolveu ir a fundo. Foi ver uma mãe-de-santo, indicada pela empregada da vizinha. Descobriu que Iansã é o orixá feminino dos ventos e tempestades. Suas filhas têm temperamento expansivo, impulsivo, apaixonado. São determinadas e por vezes autoritárias. Se identificou com o perfil.

Na origem casada com Ogum, entidade das guerras e conquistas, Iansã o abandonou, magnetizada pelo sentido de justiça e pela sensualidade de Xangô, orixá dos raios e trovões.

Saiu dali meio em transe, comparando tudo que ouvira com sua vida.

Em poucos meses, também trocou Ogum por Xangô.

REINCIDENTE I

Separada, havia jurado a si mesma que jamais juntaria as escovas de dente com alguém de novo. Mas não teve jeito. Com dois meses de nova relação, ligou para a amiga:

– Estou feliz. Mas já reparei que tenho tendência a repetir os mesmos erros, entoar os mesmos mantras de guerra. E por mais que saiba disso, não consigo mudar. Sou refém do mesmo comportamento.

Em menos de um ano estava de novo separada.

REINCIDENTE II

Ela estava casada há um ano. E começava sua carreira profissional – ralava muito e ganhava quase nada. Um belo dia, daqueles em que tinha saído para a faculdade cedinho e voltado tardíssimo, o marido entesou:

– A medicina ou eu.

De bate-pronto, respondeu:

– A medicina.

Diante do impasse, deu-se a cena típica: discutiram a relação e ela o convenceu da importância de ela ser emancipada. Ele cedeu, mas sempre reclamou dos horários, dos plantões, dos finais de semana, da dedicação. O casamento acabou alguns anos depois, por razões outras. Passado o trauma da separação, ele casou de novo. Com uma médica.

A FUGA

Ela era casada, tinha dois filhos e uma vida sem grandes emoções. Duelava todas as noites com a vontade de se entupir de chocolates e todas as manhãs com o desejo de que não acordar nunca mais. Um dia, no trabalho de meio expediente que não lhe dava prazer mas lhe garantia a dignidade de não ter que pedir dinheiro ao marido, recebeu um e-mail. Do mais antigo baú de memórias, ressurgiu o antigo namorado. Agora morava noutra cidade, bem distante. Estava separado e, por algum motivo, pensava nela. O porquê não tinha a menor importância. Trocaram mensagens por meses. O dinheiro do trabalho de meio expediente foi todo consumido pelos interurbanos no celular. Numa manhã de domingo que se parecia com outra qualquer, os filhos estavam no sítio dos amigos e o marido inaugurou o dia com a seguinte frase:

– Daqui da cama dá pra ver que a Lucineide não passa lustra-móveis na parte de cima do armário há meses.

Ela levantou, se vestiu, arrumou uma pequena mala. Antes que o sol se pusesse, o avião já havia aterrissado na cidade onde ela nunca ouviria falar de lustra-móveis.

PODER DO JEANS

Quase não usava calça jeans. Mas tinha emagrecido, estava malhando, achou que ficaria bem enfiada num blue jeans bacana. Comprou o primeiro, adorou. Comprou o segundo, o terceiro. Sentia-se jovem, bem-disposta, capaz de conquistar o mundo. Não por acaso, o casamento acabou pouco depois. Saiu de casa com uma pequena mala de roupas – tarefa quase impossível para as mulheres – que continha apenas seus três jeans e camisas, muitas camisas. Viveu feliz assim por muito tempo, até voltar ao velho apartamento e buscar seu guarda-roupa completo.

O tempo passou, a vida seguiu, ela casou de novo, e aos poucos foi aposentando os velhos jeans. Agora, está feliz da vida e sentindo-se dez anos mais jovem só porque acaba de comprar dois modelos novinhos em folha – que têm a vantagem de já saírem da loja devidamente envelhecidos. Vai se separar de novo, porque sabe que dá para sair de casa com uma pequena mala de roupas.

PASSAPORTE

Eles eram um casal feliz. Ela brasileira, ele estrangeiro, moravam no exterior. As amigas sempre queriam saber quando ela voltaria a viver no Brasil. Ela explicava:

– Se eu for para o Brasil, meu casamento acaba.

Passou algum tempo, e as circunstâncias fizeram que eles vivessem no Brasil. Em menos de dois anos, ele arranjou uma amante e o casamento acabou.

A SENHA

Eles eram apaixonados. Tiveram que se separar – ela terminou o namoro e veio para o Rio. Ele ficou em São Paulo. Um dia, bateu nela uma saudade daquelas. E um ciúme maior ainda. Queria investigar o que estava rolando na vida dele. Resolveu tentar ler o e-mail do ex-namorado. Havia um obstáculo: ela não tinha a senha. Seguiu o passo-a-passo de recuperação: Clicou em "esqueci minha senha". Apareceu a pergunta secreta, aquela que deve ser respondida para poder ter um lembrete de senha depois. Dizia: "Qual é o nome do amor da sua vida". Ela preencheu com o próprio nome – Maria. Bingo. Era a senha dele de e-mail. Ela desatou a chorar.

SOBRE A FALTA QUE UM HOMEM FAZ

Ela estava separada há seis meses. Bem resolvida. Eis que um dia entrou em crise: o pote de champignon não abria. O carrinho de supermercado cheio não passou no degrauzinho do elevador. A lâmpada da cozinha queimou. O DVD não funcionava por um misterioso motivo. E uma enorme barata invadiu o box. Foi dormir pensando em voltar para o ex-marido. De manhã esqueceu a idéia.

COMO SER LEGAL

Ele era legal. Muito legal. Todo mundo achava. Ela estava cansada. Amigos comuns, trabalho comum, vida comum. Ela pegou um avião e fugiu dele, da vida deles. Deixou pra trás. Longe, casou, teve filhos. Amou, foi feliz. Ele era legal. Muito legal. Todo mundo achava. Ela estava cansada. Procurou o primeiro. Amou, foi feliz. Mas voltou para o segundo. Amou, foi feliz. Ela era legal. Todo mundo achava. Mas ele estava cansado. Procurou outra. Mais velha, mais gorda, mais rica. Ele pegou um avião e fugiu dela. Da vida deles. Mas era um filho-da-puta e deixou os filhos pra trás. E arrancou os sonhos e pisou nos planos. Mas ela era legal. Todo mundo achava. E a apoiou. E a respeitou. Ela ficou mal. Descobriu que na vida comum estava a felicidade. No trabalho comum. No sorriso comum. Nos filhos... Como amava seus filhos! E ela cortou o cabelo, pintou um quadro, as unhas e uma parede de vermelho. E hoje acha que legal é a vida. Muito legal. E que se dane o que acha todo mundo!

_CAPÍTULO 5

VESTIÁRIO

>> VOCÊ ESTÁ NO CHUVEIRO, OU SUADA, OU TROCANDO DE ROUPA, TIRANDO A MEIA SUJA DO PÉ, COÇANDO O OUVIDO, TIRANDO AQUELE PÊLO ENCRAVADO, CORTANDO A UNHA DO DEDÃO. E SE PREPARANDO — FÍSICA E EMOCIONALMENTE — PARA ENTRAR EM CAMPO. DE NOVO._

GUARDA-ROUPA

Ela estava de namorado novo. E no primeiro Dia dos Namorados do casal, ele deu a ela de presente uma saia, uma blusa e uma sandália. Tudo de uma loja carérrima, tipo grife. A roupa era coisa de estilista, moderníssima. Para falar a verdade, ela achou tudo moderno demais. Como a blusa ficou meio larga, achou o pretexto perfeito para dizer a ele que voltaria na loja para trocar. Ele concordou:

– Você troca a blusa, porque ficou grande, e se quiser troca a sandália, que tinha a ver com a blusa.

Ela foi, mandou baixar a loja inteira e voltou para casa, horas depois, finalmente satisfeita com um vestido e uma outra sandália. Naquela mesma noite, ele perguntou, em tom de preocupação:

– Você foi à loja? Trocou tudo?

Ela riu, meio sem graça, mas admitiu:

– Sim, troquei tudo.

– Até a saia?

Ela percebeu que ele ficaria arrasado se ela admitisse que também tinha trocado a saia. Disfarçou, e disse:

– Não, estou brincando com você, eu só troquei a blusa e a sandália.

Ele respirou aliviado. Ela correu para o telefone, ligou para a loja, reservou a tal peça de roupa e voltou lá segunda-feira de manhã cedinho, antes que alguém aparecesse para levar a saia e, de quebra, ainda enfiá-la numa enorme confusão.

TIRO PELA CULATRA

Ela sempre teve uma grande tática para não cair em tentação, quando vai encontrar aquela pessoa que ela quer mas não quer, com quem tudo tá bom mas tá ruim, de quem ela quer distância e amor eterno: calcinha grande e velha, perna por depilar, sessão de pepino com batata-doce na noite anterior. Da última vez, não resistiu. Eis que o ex-quase-futuro adorou tudo. A tática virou fetiche.

DE PERNAS ABERTAS

Elas estavam conversando sobre como se comportar diante do exame ginecológico. Ela explicou:

– Fico totalmente à vontade. Só que não basta a mulher de Júlio Cézar *ser* honesta. Ela tem que *parecer* honesta. Então não basta eu me sentir à vontade. Eu tenho que parecer à vontade. Só me sinto realmente à vontade se o ginecologista tiver certeza de que estou à vontade. Então ele fica lá embaixo olhando o cenário e eu falo sem parar! Sobre os filhos, o trabalho, a empregada, a chuva do dia anterior, o vencedor do Big Brother, o CD novo de Los Hermanos, o último assassinato na cidade, os juros que não baixam e a alta do melão na feira – e olha que eu nem vou à feira...

A amiga rebate, explica que se falar muito gagueja:

– O bico de pato é gelado demais, fico com frio, tremo toda. E como ele pode pensar que é nervosismo, fico calada. Ele fala, eu fico dizendo que sim, que não, que talvez...

– A pior hora é quando ele examina os seios. Ah, sei lá, eu sei que depois ele vai enfiar o dedo lá, mas tem uma coisa qualquer de sagrado nos seios, não... ? E quando aperta o bico... Ui!

Definitiva foi a reação da tímida:

– Ah, eu finjo que durmo! Fico ali, de olhinhos fechados, o exame rolando... deixo ele pensar que eu tô tirando um cochilinho...

BANHEIRO FEMININO

Ela está completamente bêbada e a amiga completamente sóbria. A que bebeu:

– Eu sou apaixonada por ele.

Como num diálogo de surdas, a que não bebeu responde:

– Você precisa de um advogado.

Na porta do banheiro, uma longa fila de mulheres espera a sua vez.

EU AMO MINHA MÃE I

Ela se separou do marido. Ele sumiu no mundo, não quis saber dos dois filhos. Ela passou a contar apenas com a mãe para deixar as crianças no fim de semana. E para ajudar um pouco nas despesas, já que o sujeito também não pagava pensão. Um dia, a mãe disse:

– Acho que nós já fomos casadas.

– Não entendi...

– Eu fico com as crianças a cada 15 dias e ainda te dou um dinheiro...

EU AMO MINHA MÃE II

Ela ouviu a amiga explicar que estava fazendo análise e que tinha descoberto, com a analista, que odiava a mãe. Isso resolveria todos os seus problemas. Recomendava que ela procurasse ajuda de um terapeuta. Ela explicou:

– Queridinha, sou separada e tenho três filhos para criar. Se eu descobrir que odeio a minha mãe, estou ferrada... É ela quem pega as crianças na escola.

EU AMO MINHA MÃE III

Ela tinha acabado de se separar. O ex-marido ficava com os filhos pequenos uma noite durante a semana, além dos sábados e domingos de praxe. Era a sua folga absoluta – caía na farra, reencontrava amigas, recuperava o tempo perdido. Só uma coisa a incomodava. Passou a receber um telefonema da mãe, que ligava no celular sempre lá pelas 23 horas e perguntava:

– Onde você está?

Um dia, jurava que responderia:

– Num motel, trepando. Por quê? Aconteceu alguma coisa?

DIVÃ I

Ela tinha ido parar no divã depois de um pé na bunda. Estava arrasada, chorava o tempo todo. Aos poucos, o tratamento foi dando resultado, e ela foi se sentindo melhor e mais forte. Tirou o pé da lama, arranjou um namorado. Na sessão em que começou a contar a novidade, foi surpreendida com o analista, que tentou beijá-la.

Desta vez, quem deu o pé na bunda foi ela. Dispensou o analista.

DIVÃ II

Ela estava em crise no casamento, no trabalho, na vida. Uma amiga lhe recomendou uma ótima analista. Passou toda a primeira sessão sem dizer uma palavra. Só chorando. Nunca mais voltou.

AS COISAS SIMPLES DA VIDA

Ela estava saindo de casa totalmente imersa nos seus problemas. A vida, naquela manhã, parecia realmente muito complicada. Na calçada, ofereceu esmola para uma mendiga que estava sempre ali por perto. Da mulher em farrapos ouviu:

– Não precisa. Tenho para hoje.

BELEZA NÃO PÕE MESA

O marido dela era bonito. Mas depois que se separaram, não foram poucas as amigas dela que, ao saber, exclamaram:

– Mas como é que você largou um gato daqueles??

– Vai desperdiçar um homem desses??

– Nega, tá maluca? Você não acha igual por aí...

Apenas uma das amigas a compreendeu:

– Homem tem mesmo que ter cara de pedreiro.

NOVA E LINDA MULHER

Sentou-se na cadeira do salão disposta a sair dali uma nova mulher. Cortar, pintar, faria o que fosse necessário para trocar de cabelo, de alma, de personalidade, de passado e, sobretudo, de futuro.

Explicou para a cabeleireira que queria mudar tudo. E a mulher, com certo ar de tédio, concordou:

– É sempre assim, minha filha, toda mulher que senta aqui quer mudar de vida. E a primeira coisa que faz é mudar o cabelo.

NOVO CHÁ

Ela acabara de separar. Ficou com uma mão na frente, outra atrás. Arrumou um apartamento, mas não tinha dinheiro para comprar nada. Não fez por menos. Organizou um chá de divórcio. Numa tarde arrecadou panelas, *tupperwares*, talheres, toalhas de mesa e banho, lençóis, copos de todo tipo. Até um rodinho de pia. No mês seguinte, duas amigas repetiram a festa.

ÂNGULO

Estava se vestindo diante do espelho, na frente da amiga:

– Ai, acho que eu estou meio acima do meu peso...

– Que é isso, fofa. Não existe mulher gorda, existe é calcinha pequena!

MANICURE

– Você é casada?

– Sou não. Mas queria muito ter um filho... ai, não me tira bife!

– E por que não tem?

– Falta um marido...

– Pra quê?

– Ué, pra fazer o filho.

– Quer o meu emprestado?

OS ASTROS E O AMOR

Encontrou com a astróloga na estação do metrô, numa segunda-feira:

– Menina, me conta o que essa semana me reserva!

– Os planetas estão numa conjunção que deixa os relacionamentos confusos... pode haver decepções.

– Ué! Mas não é sempre assim??

BARATA TONTA

– Minhas unhas estão um lixo. Meu cabelo sem corte. Preciso marcar ginecologista. Meu armário está um ninho de ratos. Meu corpo precisa de exercício. Há uma infiltração no banheiro das crianças. Mais dois dias a babá entra de férias. Estou com dois textos de campanha atrasados. Há cinco meses não saio do cheque especial. Preciso ir a um especialista antes que minhas varizes se alastrem. Minha mãe me telefonou três vezes hoje e não retornei.

SANTAS FEMINISTAS!

Ela nunca conseguia ajustar a posição do absorvente na calcinha nem cozinhar arroz soltinho. Maquiagem virava borrão. Fatiar peru de Natal e dar banho em criança, um desastre. Vivia convencida de que a emancipação feminina tinha salvo sua vida do desastre completo. Costumava dizer:

– Sou feminista por pura incompetência!!!!!

PAIXÃO

Releu Clarice Lispector.

Pintou as unhas de vermelho.

Comprou roupa e sapatos novos.

Emagreceu.

Comprou flores.

Ouve sempre o mesmo Zeca Baleiro cantando "Se não eu, quem vai fazer você feliz".

Rejuvenesceu dez anos, talvez mais.

As amigas acham que arranjou um amante. Ela deixa que pensem. Só não vê quem não quer – está apaixonada por si mesma.

_CAPÍTULO 6

IMPEDIMENTO

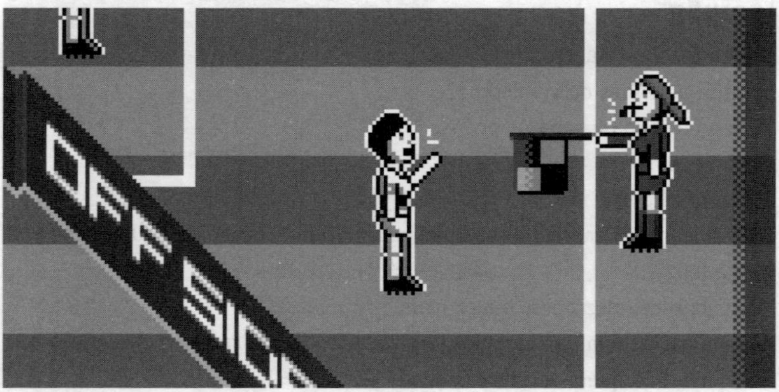

>> HÁ ALGUÉM QUE, PELAS REGRAS DO JOGO, NÃO DEVERIA ESTAR ALI. A BOLA ENTRA, MAS O GOL NÃO VALE. O JUIZ SÓ NÃO LEVANTA REALMENTE A BANDEIRA VERMELHA PORQUE, NA MAIORIA DAS VEZES, NEM ELE, NEM OS BANDEIRINHAS, NEM NINGUÉM SABE DE NADA. NAS TRAIÇÕES, É ASSIM TAMBÉM. UM JOGADOR INVADE A ÁREA EM POSIÇÃO IRREGULAR, TRANSGRIDE O REGULAMENTO E MUITAS VEZES ACABA COM A PARTIDA. MAS NUNCA COM O JOGO._

PRECAVIDA

Ela é do tipo organizada, planeja cada coisa com dias de antecedência. Sempre teve oportunidades, mas nunca cedeu a um caso fora do casamento porque achava muito fora do controle, tinha medo de se trair em algum momento. Outro dia arrumou um amante. Com o mesmo nome do marido.

PRATOS LIMPOS

As duas chegavam a um café. Uma delas cumprimentou uma mulher na mesa da entrada.

– Quem é ela?

– É a ex-mulher do caso que tive anos atrás. Ela descobriu tudo, me telefonava, me perseguia. Fez plantão de peixeira na mão na porta da minha casa. Um dia cansei e chamei ela pra briga. Foi um horror, mas resolvemos tudo. Hoje nos cumprimentamos sem medo. É a relação mais bem resolvida que eu já tive na vida.

ENQUANTO VOCÊ DORMIA

Ela era casada. E, numa viagem a trabalho, foi para a cama com outro homem. A princípio, os dois achavam que era apenas sexo. Mas depois de uma noite inesquecível, ela ficou perdidamente apaixonada. Para ele, continuava sendo apenas sexo. Mandou ela embora. Ela voltou de viagem, para a vida normal, para a rotina. Todas as noites, sonhava com aquele homem. Tinha delírios, até febre. Um dia, foi acordada pelo marido, que ouvia, impressionado, ela chamar pelo nome do outro.

SOBRAS

Ela viajou a trabalho. Transou com um dos colegas de viagem. Dali, partiu para outro destino. Transou de novo, com outro colega de viagem. Quando voltou para casa, o marido já sabia. Dos dois. Chorou, quis entender por que, fez aquela cena. Ela explicou:

– Não fica assim. Não tirei de você para dar a eles. O que eu dei estava sobrando mesmo.

Ela jura que ele aceitou. E não se falou mais nisso.

NO PONTO

Ela era casada e tinha um filho pequeno. Uma briga daquelas com o marido já tinha estragado o dia – quiçá a semana. Seguiu para o trabalho. Parada no ponto de ônibus, viu o ex-namorado passar de carro. Justo o ex-namorado que tinha sido preterido por ela, que ficara com o atual marido. Parecia um milagre. Mais ainda quando ele deu a volta no quarteirão e passou de novo. E de novo. E quatro, cinco voltas. Seu ônibus já havia aparecido umas três vezes, mas ela não saía dali. Finalmente ele parou:

– Está indo para onde?

– Para onde você quiser me levar.

Para que o leitor não fique apenas imaginando o que aconteceu, apresentamos aqui três opções do desdobramento da história. Não sabemos qual delas é verdadeira:

Opção 1

Ela responde:

– Por favor, me dá uma carona até o trabalho.

Enquanto ele dirige, ela vai desfiando um rosário de queixas. O marido não ajuda em nada, a criança chora a noite inteira, o casamento, ainda que tenha pouco tempo, vai de mal a pior. Chora copiosamente. Não deixa nem espaço para ele falar. Quando chega na porta do trabalho, diz:

– Obrigada pela carona. E por ouvir o meu desabafo.

Ele deseja boa sorte e vai embora, aliviado.

Opção 2

Ela responde:

– Para onde você quiser me levar.

Eles vão para um motel. O mesmo que costumavam freqüentar quando eram namorados. A nostalgia, o clima saudosista, tudo contribui para que ela fique cada vez mais emocionada. Começam as preliminares. Os dois corpos estão se reconhecendo novamente. De repente, ela desanda a chorar:

– Não posso fazer isso com meu marido. Desculpe, mas não vou conseguir. Por favor, me leva embora daqui.

Pede desculpas, ainda chorosa. Ele se veste e a deixa de volta no ponto de ônibus.

Opção 3

Ela responde:

– Me leva para onde você quiser.

Eles vão para um motel. Mal entram no quarto, quase rasgam a roupa. Tesão enrustido, trepada desesperada. Tudo muito afoito. Lá pelas tantas, ele broxa. E diz:

– Acho que é melhor eu levar você para o trabalho.

Despedem-se. Ela respira aliviada. O marido já lhe parece um príncipe.

CAMISA FURADA

Ela tinha marcado um encontro com um sujeito comprometido. Não chegava a ser casado, mas ele tinha namorada. E era alguém que ela conhecia, embora não chegasse a ser amiga. Por tudo isso, ela estava com um pouco de dúvidas a respeito. Mas terminou por aceitar o convite para ir ao apartamento dele, que providenciaria comidinhas e um DVD. Ela levaria o vinho. Noite de sábado, ela se arrumou e bateu lá. Ele abriu a porta de short e camiseta rasgada. Ela deu um ataque:

– Eu não me arrumei toda e comprei um vinho caro para vir a sua casa e você me receber de camiseta furada.

Ele se trocou de roupa. Eles treparam. Ela nunca mais voltou.

CAMISA RASGADA

Ele já tinha fama de mulherengo antes de casar com ela. Nos primeiros meses juntos, chegou com a camisa suja de batom. Ela não disse nada. Na manhã seguinte, ele se surpreendeu quando abriu o armário – todas as suas camisas estavam destruídas. Ela explicou:

– Você não vai mais chegar com a camisa suja de batom porque você não tem mais camisas.

PORRE

Ela tinha tido uma briga daquelas horríveis com o namorado. Saiu jurando que, naquela noite, dava para outro. Um convite do amigo de trabalho para um show parecia ter caído do céu. Aceitou. Foi, bebeu todas. Dali, saíram para o apartamento de um casal de amigos. Bebeu mais. Lá pelas tantas, vomitou e se jogou na cama. Dormiu até de manhãzinha. Enquanto isso, o amigo e o casal jogavam conversa fora lá na sala. Foi acordada por ele, que a deixou em casa. De ressaca.

NOMENCLATURA

Ela é casada. Ele também. Mas os dois estão quase tendo um caso. Falam no telefone. De repente, ele se refere à própria mulher e diz:

– A outra inventou...

– Meu bem, a outra sou eu...

SINCERA

Ela é casada, tem dois filhos. Está tendo um caso com um colega de trabalho, duas filhas. Circo armado. O cara sugeriu que se separassem para ficar juntos. Ela não quis. Ele terminou tudo. A irmã e confidente perguntou:

– Você não gosta dele?

– Gosto. É que cada um me dá uma coisa que quero. Preciso dos dois.

PLANEJAMENTO

O marido dela era publicitário. A vida de casado ficou morna. A única coisa que anima o casal é o filho que acabou de nascer. Nada mais nela o atrai. Mas ele não diz nada, e vai levando a vida achando que um dia tudo vai melhorar. Ela nem desconfia, mas já estava tudo planejado. Um dia – não um dia qualquer, o dia seguinte ao primeiro aniversário do filho – ele fez as malas e foi embora.

IRRESISTÍVEL

Ela viajou a trabalho. Conheceu um italiano lindo. Maravilhoso. Alguns vinhos, músicas e climas depois, se viu irremediavelmente atraída. Estava casada há pouquíssimo tempo. Amava o marido. Mas foi para a cama com o italiano mesmo assim.

– Há coisas na vida que são imperdíveis, explicou às amigas.

DO OUTRO LADO DA RUA

Eles eram casados há quase dez anos. Ela se apaixonou por um homem. Manteve o caso durante quase um ano, mas havia tantos obstáculos que o romance acabou. Insatisfeita, decidiu colocar um ponto final no casamento. Separou-se do marido:

– Vou viver a vida.

Pouco tempo depois, começou a namorar. Um homem casado.

ESPIÃ

Ela começou a ter um caso. Os dois eram comprometidos e as escapadas para o motel eram sempre na hora do almoço. E como o sexo estava cada dia melhor, os almoços estavam ficando cada vez mais longos. À secretária cabia atender os telefonemas e anotar os recados enquanto ela estava fora (bons tempos pré-celular). Um dia, ela teve uma briga com a secretária e demitiu a moça. No mesmo dia, chegou em casa com o marido furioso. A secretária tinha ligado para ele e contado tudo. Não havia como negar o caso. Nem como demitir a secretária de novo.

AMOR ETERNO AMOR

Ter um caso quando os dois são casados é muito confortável. Era o que ela achava.

E o sexo era ótimo. Só que, um belo dia, o cara se apaixonou por ela. Já não lhe bastava mais transar de segunda a quinta no fim do dia. Queria mais. Queria romance, queria vida em comum – essas coisas todas que, passado um certo tempo, acabam com o sexo.

Veio com a notícia:

– Vou me separar da minha mulher.

Ela pulou fora um mês depois. Sem esposa e sem amante, ele voltou para casa.

CASADO NÃO SE NAMORA

– Você não pode namorar um homem casado!

– Por que não??

– Com homem casado a gente transa, mas não namora.

– Ué, mas tem diferença?...

– Claro que sim. Se você namora, vai ao cinema, ao restaurante, está sempre com ele para lá e para cá... Tem uma hora que todo mundo vai saber, comentar, e a história pode acabar no ouvido da mulher do cara. Se você só transa, o destino é um só: a cama. E, entre quatro paredes, ninguém sabe o que aconteceu. Só os abajures podem comentar a intrépida paixão.

– Mas a gente está apaixonado...

– Paixão é exatamente o problema. Se o casal está apaixonado, dá bandeira o tempo todo, mesmo quando acham que não tem ninguém notando. Há uma atitude, um jeito de olhar, de falar, de dar atenção, que dispensa qualquer contato físico óbvio.

– Ninguém vai saber.

– Não? E você me contou alguma coisa?...

QUASE

Ela sempre ouvia das amigas a máxima:

– Homem não se separa... Sai dessa.

Mas gostava muito dele e resolveu arriscar. Ele dizia que sairia de casa. Planejaram tudo. Alugaram um apartamento. Deixaram de ir ao motel na hora do almoço para comprar mobília, pratos, copos, enxoval da casa nova. Ela se derretia para as amigas:

– Vai dar tudo certo... A gente se ama!

– Mas sair ainda não saiu – ouvia.

O dia chegou. Ele comunicou à mulher, mãe de seus dois filhos, que tudo tinha acabado. Foram para o apartamento. Por apenas dois dias. Não resistiu às ligações dos filhos.

Coube a ela desfazer e devolver o apartamento.

FLAGRA

Como todo casal apaixonado, oficial ou não, eles achavam que estavam acima do bem e do mal. Já estavam juntos há seis meses, e como as desculpas que arrumavam para seus respectivos cônjuges nunca deram errado, seguiam numa maratona de programas – cada vez mais públicos. Um dia foram a um show numa pequena casa de espetáculos. Ninguém conhecido iria estar lá, ainda mais em plena terça-feira. Eis que justo naquela noite um cantor famoso ia dar canja. A imprensa entupiu o local. Os dois saíram em fotos de duas revistas de grande circulação. Por vários dias ficaram com a respiração suspensa. Ninguém reparou.

FIDELIDADE

– Você é fiel?
– Claro! Sempre!
– Jamais me trairia?
– Jamais, nunca, de forma alguma, meu amor...
– E se te aparecesse a Julia Roberts??
– Hmmm... Tem uma boca esquisita!
– E se fosse a Gisele Bündchen??
– Magrelinha que só...
– A Sheila do Tchan?
– Não gosto de loura de farmácia, é vulgar...
– Luma de Oliveira?
– Meio ida nos anos, não?...
– E a Ana Paula Arósio??
– Aquela queixuda? Pelamordedeus!
– Kelly Key?
– A voz dela me entra debaixo da unha...
– Ahá! E a Daniela Cicarelli???
– Como?...
– Daniela Cicarelli, a modelo...
– ....
– Fala!
– Bom... dizem que ela tem mau hálito...
– Mentiroso!!!!

_CAPÍTULO 7

PELADA DE RUA

>> NUM CAMPO OFICIAL, JOGO DE CAMPEONATO, ATÉ DÁ PARA COMPREENDER ONDE ESTÃO OS ERROS E ACERTOS. E SE OS JOGADORES NÃO ENTENDEREM, ESTÁ LÁ O JUIZ PARA DECIDIR. NA PELADA DE RUA, NÃO. SÃO OS PRÓPRIOS PELADEIROS QUE PRECISAM DIZER SE O GOL VALEU, SE A FALTA ACONTECEU OU HOUVE IMPEDIMENTO [ALIÁS, HÁ IMPEDIMENTO EM PELADA DE RUA?...]. ENTÃO É UMA CHUVA DE PALPITES, TESES, MÁXIMAS, CONSELHOS. E ACIMA DE TUDO, POLÊMICA. FALTAM CERTEZAS, SOBRAM INTERROGAÇÕES. E TRANSBORDA A PAIXÃO._

MEU REINO POR UMA APÓLICE

Entre lágrimas, disse à amiga:

– Uma paixão resolve tudo. O estresse do trabalho, a bola-de-neve no cheque especial, o problema na pele, a unha quebrada, o fio puxado da meia. O céu fica mais azul, a lua é sempre linda, estragar a escova na chuva é uma delícia, o engarrafamento é uma dádiva: pode-se escutar música e pensar nele... Mas deviam criar um seguro para quando ela for embora.

O ABISMO

– Incrível como uma pessoa pode ser duas!!

– Hein?

– É, veja só: quando eu estava apaixonada por ele, tudo que lhe saía pela boca era de um brilhantismo a toda prova. Eu salivava com cada frase, cada expressão, cada particularidade.

– E?...

– Agora que não o amo mais, tudo é ridículo. Chego a rir. É folclórico.

– Mesmo?...

– Mesmo. Não tem um pingo de credibilidade. É como versos de bolero barato fora de hora. Formas de tratamento inadequadas, termos que soam *dejà vu*, argumentos repetitivos... É infinito o abismo entre o amor e o ex-amor.

PROPOSTA INDECENTE

– Já estamos namorando há seis meses, né?

– É.

– Mas até hoje eu nunca sei se vamos sair no sábado.

– Mas sempre saímos.

– Sim, mas eu passo o dia esperando você ligar para saber de você se vamos mesmo nos encontrar. Não podíamos combinar na sexta, como todo casal normal?

– Isso que você está me propondo é crescer?

Fim do namoro.

QUANDO O TEMPO NÃO CURA

Foi à festa de 20 anos de formatura do ginásio. Encontrou gente que não se vê há duas décadas e que da última vez que se viu não tinha barriga, ruga, cabelo branco. Saiu dali, como outros, atracada com um ex-quase-namorado, com quem tinha um clima nos tempos da escola. Chegaram a engrenar um namoro, que logo andou para trás. Tinha o que considerava uma boa justificativa para a decisão:

– Ele ainda tinha aquele mesmo cabelo oleoso.

CANTADAS

Cantadas são coisas que podem ser degradantes. Houve um tempo em que ela odiava que a chamassem de gostoooooooosa na rua. Tinha vontade de cuspir na cara – fosse ele peão de obra ou engravatado. Hoje, claro que ela não chega a dar bola. Mas já não se incomoda tanto assim...

E há algumas boas. Advogada uma vez se reuniu com um procurador público. Ao entrar na sala do cara, ouviu a seguinte pérola:

– Devia ser inconstitucional advogadas serem bonitas. Tiram a concentração da gente.

Na hora não agradeceu, não comentou, mudou de assunto. Mas achou fabuloso. Namoraram mais de um ano.

FURO

Ela estava no Baixo Gávea. Conheceu um jovem rapaz, bonito, simpático. A conversa foi rolando noite adentro. Lá pelas tantas, ela pergunta:

– O que você faz?

Ele responde, de bate-pronto:

– Sou dublador de novela mexicana.

Ela acha que é piada, abre uma gargalhada. Era verdade.

SAPATOS

Estava batendo perna em Ipanema com um amigo, olhando vitrines.

– Olha que lindo aquele sapato violeta-claro!!!

– Ahã...

– Pôxa, eu aqui querendo comprar um sapato diferente para impressionar os homens, e você despreza a minha compra!

– Se uma mulher gastar o seu dinheiro com sapatos para me impressionar, estará totalmente enganada. Não sou capaz de notar.

– Ah, não é possível!

– Vou notar os seus sapatos se você aparecer na minha frente completamente nua, só de sapatos. Mas se você estiver nua na minha frente e eu prestar atenção nos seus sapatos, aí quem não vai gostar é você.

O ANIVERSÁRIO

Ele era o que se chama de "um amor". Mandava flores para o trabalho dela sem motivo, cozinhava pratos deliciosos, fazia as mais belas surpresas. Alguns meses de namoro, chegou o primeiro aniversário dela com os dois juntos. Ele esqueceu.

Ela não entendeu nada. O dia todo no trabalho esperando um telefonema, um cartão, uma lembrança. Nada. Voltou para casa arrasada. Quase dez da noite e nem sinal dele. Furiosa, resolveu telefonar para a casa do rapaz. Atendeu uma tia. Ele havia sofrido um acidente de carro e estava no hospital. Ela suspirou aliviada.

INTERSEÇÕES

Ela sempre teve enorme curiosidade sobre ex-namoradas ou ex-mulheres de namorados. Imaginava se haveria algo em comum entre ela e as outras. Tendia a achar que sim.

Um belo dia virou colega de trabalho da ex de um ex (que dele também já era ex). E ela havia tido algumas de suas piores crises de ciúmes por causa da moça. Passados poucos dias, viram que eram afins.

Hoje são unha e carne.

É UM SINAL!

Todo mundo faz isso menos ou mais, cedo ou tarde. Mas ela era demais. Estava sempre procurando sinais.

– Se o carro da frente virar à direita, ligo para ele. Se virar à esquerda, não...

O pior é que o carro vira à esquerda e, mesmo assim, ela telefona... Depois se arrepende. Outro dia esperava para ver se um homem ou uma mulher usariam primeiro um orelhão para decidir se terminava ou não um namoro.

PROVA DE AMOR

Ela estava de casamento marcado. Um dia leu uma reportagem sobre o assunto numa revista feminina e teve a idéia. Antes de casar, queria a derradeira prova de amor do noivo: que ele lhe abrisse o correio eletrônico. Ele se assustou com o pedido. Disse que era absurdo.

Questionou se ele tinha alguma coisa a lhe esconder, algo que fizesse ele cair na escala de confiança que ela lhe depositava. Ele respondeu que não. Mas que o pedido por si só era uma ofensa, uma invasão de privacidade. Casaram. Mas o impasse era tão profundo que não transaram na lua-de-mel.

FISIOTERAPIA

Ela consolava a melhor amiga de um amor perdido.

– Fica calma. Depois passa.

– O problema é que, no fundo, apesar dos muitos namorados, a impressão que eu tenho é que me relaciono sempre com a mesma pessoa. Repito um padrão de cara complicado e avesso a compromissos... Com você não é assim, não?

– Engraçado, acho que não repito somente um mesmo perfil, mas alterno dois padrões: o engraçado-extrovertido-falante-passional e o tímido-calado-fechado-sorumbático. Quente, frio, quente, frio, quente, frio... Sempre de um pólo a outro, sem escalas...

– Mas os fisioterapeutas não dizem que o contraste é bom para dores musculares... ? E, afinal, o coração é um músculo...

CARA-DE-PAU

Ela levou o pé-na-bunda de um namorado e passou alguns meses na sarjeta. Na semana passada, recuperada – e até com novo amor engatilhado –, aceitou convite do ex para almoçar. Lá pelas tantas, vendo que a moça estava bem resolvida, o rapaz lançou a pérola:

– Eu me lembro do primeiro dia em que você usou essa blusa...

Ela tinha comprado na véspera.

A TESE

Ela estava separada quando reencontrou um antigo amigo que ainda estava solteiro. Bonito, aparentemente interessante, 36 anos... solteiro. Reza a lenda que algum defeito grave ele deve ter. A primeira coisa que ela pensou foi isso mesmo, mas topou sair com ele. Disse que os "dias mais fáceis" para ela eram segunda e terça, porque o trabalho estava mais calmo e era um dia que podia deixar as crianças com a mãe. Ele respondeu:

– Não gosto de dias fáceis...

Ela fez ouvido de mercador. E contou do seu trabalho. Ele comentou:

– Você é uma mulher que assusta...

Ela relevou. Então falou de sua separação difícil, mas com o bom humor que lhe é peculiar. E ele, solene:

– Você é uma mulher tão marcada...

Acrescentou na lenda mais um item: se tem mais de 35 anos e não casou ou é viado, ou é problemático ou é um chato.

HOMEM AUTOMOTIVO

– Não, ele é seminovo... é, mas está em ótimo estado... E vem com um opcional infantil.

– Vai vender o carro?

– Eu? Não.

– Ela estava falando sobre o novo namorado: descasado, mais velho e pai de um garotinho.

PERGUNTA DIFÍCIL

– Você sabe cozinhar?

Ela demora a responder. Embora saiba que a resposta certa é não, hesita. Pensa em mentir, dizer das maravilhas que faz na cozinha. Por um instante, pensa que na verdade acha estranho assumir que não, não sabe cozinhar, embora sua mãe saiba, sua avó soubesse... Quando o silêncio a uma pergunta tão simples começa a ficar constrangedor, ela enfim responde:

– Não.

Estavam tentando impressionar um ao outro, mas mudam de assunto. E de clima.

DEIXE SUA MENSAGEM APÓS O BIP

Ela quer terminar o namoro com o homem da sua vida. O motivo: ela muitas vezes telefona e ele não atende o celular. Ele diz que é louco por ela, manda flores, escreve cartas românticas, se declara a cada minuto com brilho nos olhos. Mas nada disso interessa aos primeiros acordes do serviço de mensagens.

ESÔFAGO EM CHAMAS

Ela terminou tudo com o namorado, que a traía. Mas ainda é louca por ele. Na madrugada de um bar, depois de muitas caipirinhas, fez a seguinte e maravilhosa comparação:

– Sabe quando você engole a comida ainda muito quente, sem pensar, e sente o esôfago queimando, mas já não pode fazer mais nada? É assim que eu me sinto.

ADICTA

Ela estava quase indo num desses grupos parecidos com os Alcoólicos Anônimos, só que para mulheres apaixonadas que não querem dar o braço a torcer. No AA vive-se um dia após o outro. Nesse grupo pioneiro também seria assim. E ao fim de cada sessão, a vitória:

– Meu nome é fulana de tal, estou apaixonada, e hoje eu não liguei pra ele. Aplausos.

HOMENS TAMBÉM AMAM DEMAIS

Os dois se conheceram no trabalho e tiveram um caso, que era para ficar só nisso. Seis meses depois, ele largou tudo – mulher, filhos, emprego (que era na empresa do sogro) – para ficar com ela. Foram mais seis meses de intensa paixão.

Agora, terminado o fogo inicial, ele virou um louco perseguidor e maníaco. Ela se queixa de que não pode fazer nada. Nem mesmo sair para almoçar com a amiga. Todo o tempo está sendo vigiada por um motorista, que também faz o papel de segurança e detetive.

Diante de tanta pressão, ela pensou em se separar. O cara não pode nem ouvir falar nisso. Chora. Diz que vai se matar ou matá-la. E diz que ela é tudo para ele. Ela reclama, alega que está sufocada, não quer viver desse jeito. Mas também sente uma pontinha indisfarçável de orgulho por ter um homem assim tão perdido de amor por ela.

E arremata:

– Acho que eu atraio esse tipo de maluco.

IDAS E VINDAS

Ela tem um daqueles "relacionamentos-bumerangue": vai e volta com o mesmo cara ao longo do tempo. Namoraram bem jovens, terminaram, ela casou, depois tiveram um trelelê extraconjugal, e agora, ela descasada, estão saindo juntos de novo.

Nenhum dos dois descobriu ainda se são um caso fadado ao fracasso ou se foram feitos mesmo um para o outro.

GAROTA EU VOU PARA A CALIFÓRNIA

Quando ela era adolescente, sonhava em ser surfista. Na praia, ficava na areia fissurada pelas manobras dos meninos no mar. Cantava, embalada por Lulu Santos, "Garota eu vou pra Califórnia, viver a vida sobre as ondas". Sabia que era improvável que pudesse romper as barreiras que então impediam uma jovem comum de se aventurar no mar. Na véspera de um feriado, pegou um serviço extra. Foi vender refrigerantes para ganhar algum dinheiro e viajar. Trabalhou vários dias ao som de "eu vou pra Califórnia". Viajou para uma praia cheia de surfistas. Namorou um por noite.

BARULHINHO BOM

Ela ganhou um celular novo, daqueles que têm os mais variados tons de chamada. Escolheu um super-romântico, "Por Elise". Era o som do amor. Quando o namorado ligava, aquilo era a trilha sonora da paixão que ela sentia... Aí era só olhar o identificador de chamadas para ter certeza. Era ele. O amor chama.

– Isso é maravilhoso – dizia às amigas. – E pensar que há uma geração atrás, era só triiiim sem graça...

Em poucos meses o amor acabou. Para ele. Ela chorou dias e noites. "Por Elise" nunca mais. Agora seu celular toca o trrrrimmm mais sem graça que ela conseguiu escolher.

SARTRE

Ele era intelectual mas não estava morto. Adorava as mulheres. Para o desespero da namorada. Um dia ela descobriu um caso. Ele explicou:

– Meu amor, dizia Jean-Paul Sartre que existem amores necessários e amores contingentes. Os primeiros são aqueles viscerais, que precisam estar presentes em toda a vida, que nos completam. Mas sua existência não elimina o segundo tipo – amores que vêm e vão, acendem e apagam. E assim se vive a vida.

– Isso é conversinha pra Simone de Beauvoir dormir!!

ANIMAIS

– Já reparou que sempre que você está namorando, chovem outros caras interessados e, quando está sozinha, some tudo que é homem?

– É verdade. Por que será que isso acontece?

– Homem é que nem cachorro. Fareja o medo. Só que o cão ataca. O homem foge.

BARRIGUINHA

À noite, o marido dissera que ela estava barriguda. Se olhou no espelho. Estava mesmo. Mas tinha tido dois filhos e não tinha tempo para malhação. Sentou em frente à TV e se encheu de biscoitos. No dia seguinte, no carro, a caminho do trabalho, parou num sinal vermelho. No carro ao lado, um bonitão grisalho num belo carrão vermelho lhe sorria.

Depois contou às colegas:

– Bendito plano americano!!! A barriga inflada de carboidratos escondida sob a lataria, que conforto!!!

PROGRAMÃO

Eram companheiras da aula de ginástica. A professora não tinha chegado.

– E aí?... O que vai fazer no feriado?

– Casar.

MULHER COM PAU

Ela detestava tudo que tivesse identificação com o paradigma da mulherzinha, do salão de cabeleireiro ao sapato de salto alto, passando pela total incompetência para a maquiagem e a idéia de que tinha que vencer na vida sem homem-rede embaixo. Da opção resultou uma mulher forte, macho paca, capaz de meter medo neles e de ser detestada ou invejada por elas. Assim viveu, assim venceu.

Um dia, já quarentona, discutia um contrato com dois homens. Temerosa do tamanho da responsabilidade que estava se propondo a assumir, disse:

– Não sei se dou conta da tarefa.

Um deles sacou na hora:

– Como assim? Afinal, você é homem ou não é?

– Claro que não!

Saiu dali e foi para casa se olhar no espelho para ter certeza.

Este livro foi composto em *ITC Officina Sans* pela **Porto+Martinez** e impresso em offset pela **RR Donnelley América Latina** sobre papel Alta Alvura 90g/m^2 da **Cia. Suzano de Papel e Celulose**. Foram produzidos 5.000 exemplares para a **Editora Planeta do Brasil** em outubro de 2003.